워터십 다운의 열한 마리 토끼 **2**

WATERSHIP DOWN

워터십 다운의 열한 마리 토끼 2

리처드 애덤스 지음 | 햇살과나무꾼 옮김

토끼어 사전

난	'맛있는', '먹기에 좋은'이라는 뜻.
니-프리스	낮 열두 시. 한낮.
닐드로-하인	'검정지빠귀의 노래'라는 뜻. 암토끼 이름.
라	대개 접미사로 쓰여 왕자나 지도자, 족장 토끼를 뜻한다.
루	어떤 낱말에 덧붙여서 그 말보다 더욱 작은 개념이나 친애의 뜻을 나타내는 접미사.
말리	암토끼. '어머니'라는 뜻도 있다.
므사이언	우리는 그들을 만났다.
바이어	배설물을 누다.
밥-스톤스	토끼들의 전통 놀이로, 작은 돌맹이나 막대기 조각 따위를 가지고 한다. 기본적으로 '홀수냐, 짝수냐'와 같은 종류의 단순한 도박이다.
산	공포 때문에 멍해지거나 미치거나 최면에 걸린 듯한 상태. '얼간이 같은', '비탄에 젖은', '절망적인' 상태를 뜻하기도 한다.
슬라이	털.
슬라일리	털머리. 빅윅의 토끼 이름.
실프	바깥, 곧 땅속이 아닌 곳.
실플레이	먹이를 먹으러 땅 위로 나가는 일.
아우슬라	힘세고 영리한 토끼들을 뽑아 만든 통치 집단.
아우슬라파	장로회 경찰로, 에프라파에만 있는 말.
에프라파	운드워트 장군이 세운 토끼 마을.
엘릴	토끼의 적.
엘-어라이라	토끼족의 전설 속의 영웅. 천의 적을 가진 왕자라는 뜻.
엠블리어	여우 냄새와 같이 고약한 냄새를 풍긴다는 뜻.
요나	고슴도치.

우 엠블리어	'재수 없는', '망할', '빌어먹을'이라는 뜻.
우 흐라이어	천의 적. 여우, 담비, 족제비, 고양이, 인간 등 토끼의 적을 말한다.
인레	달 또는 달이 뜨는 시각. 추상적인 의미로 어둠, 죽음, 공포를 뜻하기도 한다.
존	'끝났다' 또는 '끝장이다'라는 말로, 끔찍한 파국을 뜻한다.
크릭사	에프라파의 중심부로, 두 승마길이 만나는 지점에 있다.
티수딘낭	'나뭇잎의 움직임'이라는 뜻. 암토끼 이름.
푸 인레	달이 뜬 이후.
프리스	토끼들이 신으로 의인화한 태양.
프리스라	'태양신' 또는 '하느님'이라는 뜻으로, 인간의 언어로는 '아이고, 맙소사!'쯤 되는 토끼의 감탄사.
플레이	풀 따위의 먹이.
플레이라	양상추 같은 맛있는 먹이.
하이젠슬라이	'이슬처럼 빛나는 털'이라는 뜻. 암토끼 이름.
홈바	여우.
흐라이어	'많다' 또는 '1천', '다수'라는 뜻.
흐라이루	'작은 천'. 파이버의 토끼 이름.
흐라카	똥이나 오줌 같은 배설물.
흐루두두	트랙터 또는 자동차 종류.
흘라오	민들레나 엉겅퀴 꽃받침처럼 물기가 고이는 오목한 곳. 핍킨의 토끼 이름.
흘라오-루	'꼬마 흘라오'란 뜻으로, 흘라오를 친근하게 부르는 애칭.
흘레시	굴이나 마을 없이 땅 위에서 사는 토끼. 트인 땅에서 사는 떠돌이 토끼. 복수형은 흘레실.

2 부 차 례

2부

워 터 십 다 운 에 서

18 워터십 다운에서

상상 속에만 존재하던 것이 비로소 현실로 나타났다.

윌리엄 블레이크, 〈천국과 지옥의 결혼〉

다음 날 저녁이었다. 이른 아침부터 그늘져 있던 워터십 다운
의 북쪽 절벽은 한 시간째 기우는 저녁 햇살을 받고 있었다. 워
터십 다운은 평지에서 정상까지 200미터밖에 안 되지만, 그중
100미터가 수직으로 치솟아 있어 언덕 밑을 둘러싼 숲에서부
터 평평한 언덕 마루까지 깎아지른 절벽을 이루고 있었다. 저
녁 햇살이 가시금작화와 주목 덤불과 바람에 시달려 자라지 못
한 산사나무 몇 그루와 풀밭을 황금빛 껍질처럼 부드럽게 감싸
고 있었다. 언덕 마루에서 보면 비탈은 평화롭고 나른한 햇살
에 감싸인 것처럼 보였다. 하지만 언덕 기슭의 울창한 숲 속 덤

불 사이에서는 딱정벌레와 거미, 먹이를 찾는 뾰족뒤쥐 따위가 바람처럼 춤추는 햇빛에 놀라 허둥지둥 달아나거나 돌아다녔다. 풀줄기 사이에서 번쩍이는 붉은 빛살을 받아 얇은 막 같은 날개가 반짝이는가 하면, 실처럼 가느다란 다리 뒤로 긴 그림자가 드리워지고 맨땅의 흙이 수천수만의 알갱이로 부서졌다. 공기가 따뜻해지자 곤충들이 붕붕, 윙윙, 찌르르찌르르 울어 댔다. 숲 속에서는 노랑촉새, 홍방울새, 방울새 소리가 벌레 소리보다 크면서도 차분하게 들려왔다. 종다리가 언덕 위의 향기로운 대기로 날아올라 지저귀었다. 언덕 마루에서 보면 끝없이 펼쳐진 푸른 하늘로 군데군데 연기가 피어오르고 이따금 유리에 반사된 빛이 반짝거렸다. 언덕 밑에는 푸른 밀밭과 말이 풀을 뜯는 평평한 목초지, 짙은 초록 숲이 펼쳐져 있었다. 그곳들도 저녁을 맞아 언덕 기슭의 풀숲만큼 소란스러웠지만, 그 사이에 가로누운 공기 때문에 멀리 높은 언덕에서 보면 쥐 죽은 듯 고요하기만 했다.

헤이즐 일행은 언덕 기슭 풀밭에서 가지를 낮게 뻗은 화살나무 두세 그루 아래 웅크리고 있었다. 이들은 어제 아침부터 5킬로미터쯤 여행해 왔다. 그동안 운이 좋아서 다행히 모두 살아 있었다. 시내 두 개를 건너고 에킨스웰 서쪽 삼림 지대를 공포에 떨면서 헤맸다. 한번은 외딴 헛간 짚더미에서 쉬다가 쥐 떼의 습격을 받기도 했다. 실버와 벅손이 빅윅의 도움을 받아 쥐 떼와 싸우는 사이 다른 토끼들은 헛간 밖으로 피했고,

마지막으로 세 토끼도 헛간을 빠져나와 함께 달아났다. 그때 벅손이 앞다리를 물렸는데, 쥐한테 물린 상처가 으레 그렇듯이 화끈거리고 쑤셨다. 또 작은 호수를 지나는 길에 큰 회색 물새가 사초 속을 돌아다니며 물을 쿡쿡 쪼아 대는 모습을 멍하니 구경하다가, 들오리 떼가 푸드덕 날아오르는 소리에 화들짝 놀라 내빼기도 했다. 1킬로미터나 되는 목초지를 지나올 때는 숨을 곳 하나 없이 탁 트인 곳에서 언제 적을 만날지 몰라 순간순간 가슴을 졸이기도 했다. 한번은 여름 공기 속에서 이상하게 웅웅거리는 고압선 철탑 소리를 듣고 머뭇거리기도 했다. 파이버가 위험하지 않다고 안심시켜 주자 그제야 토끼들은 그 아래를 지나왔다. 그런 까닭에 토끼들은 완전히 녹초가 되어 화살나무 아래 웅크리고 앉아 미심쩍은 듯이 낯선 땅의 냄새를 맡고 있었다.

토끼 농장이나 다름없던 마을을 떠난 이후 토끼들은 한층 더 신중하고 영리해졌으며, 서로를 이해하고 단결하는 무리가 되어 더 이상 다투지도 않았다. 토끼들은 그 마을의 진상을 알고 엄청난 충격을 받았다. 그리하여 서로의 능력을 존중하고 의지하면서 더욱 똘똘 뭉쳤다. 서로에게 의지하는 것만이 살아남는 길임을 깨닫고, 각자의 능력을 조금도 헛되이 쓰지 않으려고 했다. 빅윅이 덫에 걸려 쓰러졌을 때 헤이즐은 친구들의 관심을 딴 데로 돌리려고 애썼지만, 그 자리에 있던 토끼들은 다들 블랙베리처럼 빅윅이 죽었다고 여기고 앞으로 어떻게 될까

암담해했다. 헤이즐이 없었다면, 블랙베리와 벅손과 핍킨이 없었다면 빅윅은 죽었을 것이다. 또 덫에 걸린 토끼가 빅윅이 아니라 다른 토끼였다면 그 역시 죽었을 것이다. 그렇게 심한 일을 당하고도 달리기를 멈추지 않을 토끼는 없을 테니까. 이제는 아무도 빅윅의 힘을, 파이버의 통찰력을, 블랙베리의 재치를, 헤이즐의 권위를 의심하지 않았다. 쥐 떼가 습격했을 때 벅손과 실버는 빅윅의 지시에 따라 끝까지 맞서 싸웠다. 나머지 토끼들은 헤이즐이 느닷없이 흔들어 깨워 다짜고짜 헛간에서 나가라고 해도 두말없이 따랐다. 그 뒤로도 헤이즐이 탁 트인 목초지를 지나가야 한다고 하자, 실버의 지휘 아래 정찰을 맡은 댄더라이언을 따라 목초지를 지나왔다. 쇠로 된 나무를 만났을 때도 파이버가 위험하지 않다고 하자 다들 그 말을 믿었다.

스트로베리는 괴로운 시간을 보냈다. 비참한 생각에 빠져 둔감해지고 실수가 잦았으며, 옛 마을에서 자기가 한 일을 부끄러워했다. 체력도 약한 데다 생각보다 더 게으르고 좋은 음식에 길들여져 있었다. 하지만 스트로베리는 불평 한마디 하지 않았고, 자기도 뒤처지지 않고 뭔가 할 수 있음을 보여 주려고 굳게 마음먹은 듯했다. 실제로 숲 지대를 지날 때는 나무가 빽빽한 숲에 익숙한 덕분에 일행에게 도움을 주기도 했다.

호숫가에서 헤이즐은 빅윅한테 이렇게 말했다.

"우리가 기회만 준다면 스트로베리도 괜찮은 동료가 될 거야."

그러자 빅윅이 대꾸했다.

"그럼 저 녀석은 엄청난 멋쟁이가 될걸."

헤이즐 일행이 보기에 스트로베리는 너무 깔끔하고 까탈스러웠다.

"하지만 난 스트로베리한테 강요하지 않을 거야. 알았지? 그래 봤자 도움이 안 돼."

빅윅은 부루퉁해하면서도 헤이즐의 말을 받아들였다. 빅윅은 고압적인 태도가 많이 누그러져 있었다. 덫에 걸린 뒤로 몸이 약해지고 신경질이 많아졌다. 헛간에서 쥐 떼의 습격을 알린 것도 빅윅이었다. 잠을 못 이루다가 쥐가 갉는 소리에 벌떡 일어났던 것이다. 빅윅은 실버와 벅손을 도와 같이 싸웠지만, 가장 격렬한 싸움은 두 토끼에게 맡길 수밖에 없었다. 그리하여 빅윅은 태어나서 처음으로 신중함과 절제를 배우게 되었다.

저녁 해가 기울어 지평선 위 구름 띠에 닿자 헤이즐은 나무 밑에서 나와 비탈 아래를 자세히 살펴보았다. 그리고 나서 개밋둑 너머 솟아 있는 언덕을 바라보았다. 파이버와 에이콘이 따라 나와 가시콩 잎을 우물우물 뜯었다. 처음 본 식물이었지만 누가 가르쳐 주지 않아도 먹어도 된다는 것을 알 수 있었고, 그 덕분에 기운이 났다. 헤이즐은 장밋빛 줄무늬가 있는 진홍빛 꽃송이들이 이삭처럼 매달린 가시콩 밭으로 들어갔다.

헤이즐이 말했다.

"파이버, 이것만은 확실히 해 두자. 아무리 멀어도 꼭대기까지 가서 보금자리를 찾아야 하는 거지. 그렇지?"

"응."

"하지만 꼭대기는 아주 높을 거야. 여기서는 보이지도 않아. 게다가 탁 트여 있어서 추울 텐데."

"땅속은 춥지 않아. 흙이 부슬부슬하니까 적당한 곳을 찾아서 쉽게 굴을 팔 수 있어."

헤이즐은 다시 곰곰이 생각했다.

'또 골치 아픈 일이 시작됐군. 지금 우린 지칠 대로 지쳐 있어. 하지만 여기 이대로 있는 건 위험해. 달아날 데가 없으니까. 낯선 곳인 데다 땅속으로 숨을 데도 없어. 그렇다고 오늘 밤 모두가 꼭대기까지 올라갈 수도 없어. 그랬다간 더 위험할 거야.'

에이콘이 말했다.

"굴을 파야 하지 않을까? 여긴 예전에 지나온 히스 덤불숲처럼 훤히 트인 데다 네발짐승이 나타났을 때 숨을 만한 나무도 없잖아."

파이버가 말했다.

"그런 건 언제나 마찬가지였어."

에이콘이 대답했다.

"네 말에 반대하는 건 아니지만 굴은 필요해. 땅속으로 숨을 수 없다면 좋은 곳이 아니야."

헤이즐이 말했다.

"꼭대기에 올라가기 전에 어떤 곳인지 미리 살펴봐야 돼. 내가 먼저 가서 살펴보고 올게. 빨리 갔다 올 테니까 잘되길 빌면서 기다려 줘. 쉬면서 먹이 좀 먹어."

파이버가 단호히 말했다.

"혼자 가면 안 돼."

다들 지쳐 있으면서도 함께 가겠다고 나서는 바람에 헤이즐은 고집을 꺾고 덜 지쳐 보이는 댄더라이언과 호크빗을 데리고 갔다. 세 토끼는 덤불에서 덤불로, 풀포기에서 풀포기로 천천히 조심스럽게 올라갔으며, 이따금 멈춰 서서 냄새를 맡고 끝없이 뻗어 있는 드넓은 풀밭을 이쪽저쪽 살펴보았다.

인간은 똑바로 서서 걷는다. 그래서 가파른 언덕을 오르기가 힘들다. 아무런 탄력도 받지 못한 상태에서 지면과 수직을 이루는 몸뚱이를 계속 밀어 올려야 하기 때문이다. 토끼는 더 낫다. 앞다리로 지면과 평행인 몸을 받치고, 큰 뒷다리를 이용해 비탈을 올라가는 것이다. 뒷다리는 가벼운 몸뚱이를 수월하게 밀어 올린다. 그래서 토끼는 오르막을 빨리 올라간다. 사실 뒷다리의 힘이 워낙 강해서 내리막에서는 오히려 애를 먹으며, 가파른 비탈을 뛰어 내려가다가 곤두박질치기도 한다. 반면 인간은 키가 150~180센티미터쯤 되기 때문에 사방을 볼 수 있다. 가파르고 울퉁불퉁한 땅이라도 인간에게는 대체로 평평한 편이고, 180센티미터 높이에서 보면 나아갈 방향을 쉽게 알 수 있다. 따라서 언덕을 올라갈 때 토끼가 겪는 불안과 긴장은 우리가 언덕을 올라갈 때 느끼는 것과 다를 수밖에 없다. 토끼들에게 가장 힘든 것은 육체적인 피로가 아니다. 헤이즐이 다들 지쳐 있다고 한 것은 토끼들이 계속된 불안과 공포 때문에 긴장하고 있다는 뜻이다.

땅 위에 있을 때 토끼는 굴에서 가깝고 안전하게 여겨지는 친숙한 장소가 아니면 끊임없이 공포에 시달린다. 두려움이 심해지면 눈이 흐릿해지고 머리가 멍해지기도 한다. 이런 상태를 토끼어로 '산'*이라고 한다. 헤이즐 일행은 거의 이틀째 계속 흠칫흠칫 놀랐다. 사실 닷새 전에 고향을 떠나고부터 줄곧 위험한 상황에 맞닥뜨려 왔다. 모두 신경이 곤두서 있어서, 때로는 아무것도 아닌 일에 깜짝깜짝 놀라고, 긴 풀밭만 있으면 드러누워 쉬었다. 게다가 빅윅과 벅손의 피 냄새를 맡고 엘릴이 올 수도 있었다. 지금 언덕을 오르는 세 토끼는 이 언덕이 낯설고 숨을 곳이 마땅치 않은 데다 앞쪽을 멀리까지 볼 수 없다는 점 때문에 불안해했다. 셋은 석양에 붉게 물든 풀밭에 몸을 숨긴 채, 벌레들이 돌아다니고 햇빛이 반짝이는 풀포기 사이를 헤치며 올라갔다. 주위에서 풀이 흔들렸다. 셋은 개밋둑 뒤에 숨어서 산토끼꽃 무더기 언저리를 주의 깊게 살폈다.

---

*산 : 공포 때문에 멍해지거나 미치거나 최면에 걸린 듯한 상태. '얼간이 같은', '비탄에 젖은', '절망적인' 상태를 뜻하기도 한다.

꼭대기까지 얼마나 남았는지 알 수 없었다. 비탈 하나를 올라 가면 또 다른 비탈이 가로막고 있었다. 헤이즐은 이곳에 족제 비가 살지 않을까 생각했다. 아니면 흰올빼미가 해질녘에 절 벽을 날아다니며 냉혹한 눈으로 풀밭을 살피다가 움직이는 것 이 있으면 잽싸게 낚아채 갈지도 몰랐다. 어떤 엘릴은 가만히 앉아 먹이를 기다리지만, 흰올빼미는 먹이를 찾아 돌아다니다 가 소리 없이 덮친다.

더 올라가자 남풍이 불고 저녁놀이 6월의 하늘을 빨갛게 물 들이고 있었다. 야생 동물이 대개 그렇듯이 헤이즐도 하늘을 쳐다보는 일이 거의 없었다. 헤이즐이 하늘이라고 생각하는 것 은 지평선으로, 보통 숲이나 산울타리에 가려져 있었다. 그런 데 지금처럼 고개를 쳐들고 있다 보니 언덕 마루로 눈길이 쏠 리면서 붉게 물든 뭉게구름이 소리 없이 능선 위로 다가오는 것이 보였다. 그 움직임은 나무나 풀이나 토끼의 움직임과 전 혀 달라서 불안했다. 거대한 구름 덩어리들이 소리도 없이, 그 것도 한 방향으로만 꾸준히 움직이고 있었다. 그것은 헤이즐이 사는 세계의 것이 아니었다.

헤이즐은 서쪽 하늘에서 빛나는 해를 보며 속으로 빌었다.

'아, 프리스 님! 저희를 구름 속에 살게 하시려는 겁니까? 당신께서 파이버에게 하신 말씀이 진실이라면 부디 제게 믿음 을 주십시오!'

바로 그때 한참 앞서 가던 댄더라이언이 하늘을 등진 채 개

밑둑 위에 곧추앉아 있는 모습이 눈에 확 들어왔다. 헤이즐은 깜짝 놀라 황급히 비탈을 뛰어 올라갔다.

"댄더라이언, 어서 내려와! 왜 그런 데 앉아 있는 거야?"

댄더라이언은 기뻐서 어쩔 줄 모르겠다는 듯이 대답했다.

"훤히 다 보여. 올라와서 봐! 온 세상이 다 보여!"

헤이즐은 댄더라이언에게 다가갔다. 바로 옆에 개밑둑이 하나 더 있어서 댄더라이언처럼 앞발을 들고 곧추앉아 주위를 둘러보았다. 그제야 헤이즐은 자기가 평평한 곳에 와 있음을 깨달았다. 사실 비탈은 조금 전부터 완만해져 있었다. 하지만 헤이즐은 탁 트인 곳은 위험하다는 생각에만 빠져 있어서 그런 줄도 몰랐다. 드디어 언덕 꼭대기에 이른 것이다. 풀밭보다 높은 곳에 앉아 있으니 사방이 훤히 보였다. 주위는 탁 트여 있었다. 움직이는 것이 있으면 금방 눈에 띌 것이다. 게다가 풀밭이 끝나는 곳에서 하늘이 시작되고 있었다. 인간이든 여우든 토끼든, 누가 언덕을 올라와도 금방 보일 것이다. 파이버가 옳았다. 이런 곳이라면 무엇이 다가와도 금방 알아차릴 수 있다.

바람에 토끼들의 털이 나부끼고, 풀이 세차게 흔들리고, 백리향과 꿀풀 냄새가 실려 왔다. 그 고적함이 해방이자 축복처럼 느껴졌다. 토끼들은 그 높이와 하늘과 아득한 거리에 취해 저녁노을 속을 깡충깡충 뛰어다녔다.

댄더라이언이 소리쳤다.

"아아, 언덕에 계시는 프리스 님이여! 이 언덕은 프리스 님이 우리를 위해 만드신 게 틀림없어."

헤이즐이 말했다.

"만드신 건 프리스 님이겠지만 알아낸 건 파이버야. 그 녀석이 와서 보면 뭐라고 할까! 앞으론 파이버−라라고 부를까?"

댄더라이언이 불쑥 물었다.

"어, 호크빗은 어디 갔지?"

아직 날이 훤한데도 호크빗은 보이지 않았다. 두 토끼는 한참 두리번거리다가 조금 떨어진 두두룩한 흙더미에 올라서서 다시 주위를 살펴보았다. 하지만 보이는 것이라곤 들쥐가 구멍에서 나와 씨 맺힌 풀 사이로 돌아다니는 모습뿐이었다.

댄더라이언이 말했다.

"내려갔나 봐."

"어차피 계속 찾아다닐 순 없어. 다들 기다리고 있고 위험한 일이 생겼을지도 몰라. 우리도 내려가야 해."

댄더라이언이 말했다.

"기껏 모두 살아서 파이버가 가르쳐 준 언덕에 도착했는데 이제 와서 호크빗을 잃다니 너무해. 바보 같은 녀석. 아예 데려오지 말 걸 그랬어. 근데 이런 곳에서 우리도 모르게 호크빗을 잡아간 게 뭘까?"

헤이즐이 말했다.

"아니, 호크빗은 분명 돌아갔을 거야. 빅윅이 과연 뭐라고 할까? 또다시 호크빗을 물지는 말아야 할 텐데. 어쨌든 빨리 내려가자."

댄더라이언이 물었다.

"오늘 밤에 다 데리고 올 작정이야?"

헤이즐이 대답했다.

"모르겠어. 그게 문제야. 쉴 곳이 마땅치 않아."

둘은 가파른 비탈 언저리로 갔다. 날이 어둑어둑해졌다. 아까 지나온 바람받이 숲을 보고 방향을 가늠했다. 이런 나무들은 고원에서 흔히 볼 수 있는데 사막의 오아시스 같다고 할 수 있다. 둔덕 위아래로 산사나무 대여섯 그루와 딱총나무 두세 그루가 함께 자라고 있었다. 나무들 사이에는 맨흙이 드러나 있었는데, 그 백토는 우윳빛 딱총나무 꽃 아래서 보니 창백하고 지저분한 흰색을 띠고 있었다. 숲에 다가가다가 호크빗이 산사나무 사이에 앉아 앞발로 얼굴을 씻는 것을 발견했다.

헤이즐이 말했다.

"한참 찾아다녔잖아. 도대체 어디 있었어?"

호크빗이 유순하게 대답했다.

"미안해, 헤이즐. 이 굴들을 살펴보고 있었어. 혹시 우리가 쓸 수 있을까 해서."

호크빗 뒤쪽 낮은 둔덕에 토끼굴이 세 개 있었다. 굵고 우둘투둘한 뿌리들 틈 땅바닥에도 굴이 두 개 더 있었다. 발자국도 똥도 보이지 않았다. 분명히 빈 굴이었다.

헤이즐이 주위의 냄새를 맡으며 물었다.

"들어가 봤어?"

"응. 세 개는 들어가 봤어. 얄고 좀 울퉁불퉁하긴 하지만 죽음이나 병 냄새 없이 아주 쾌적했어. 우리가 써도 되지 않을까 싶은데…… 잠깐이라도 말야."

저녁 어스름 속에서 칼새가 날카롭게 울어 대며 날아가자 헤이즐이 댄더라이언을 돌아보며 말했다.

"뉴스! 뉴스야! 가서 모두 데려와."

이렇게 해서 한 토끼가 운 좋게 굴을 발견한 덕분에 헤이즐 일행은 언덕으로 올라오게 되었다. 굴이 없었다면 한두 마리쯤 목숨을 잃었을지도 모른다. 언덕 위든 아래든 숨을 곳도 없는 곳에서 밤을 보냈다면 분명히 적의 습격을 받았을 테니까.

19 어둠 속의 공포

"옆방에 있는 자는 누구인가?—누구인가?
그 창백한 사람은
옆방에 있던 사람에게 예정된 소식을 전하러 온 것인가?
나도 곧 그를 알게 되는가?"
"그래, 그이다. 그는 그런 소식을 가져왔다. 당신도 곧 그를 알게 될 것이다."

토마스 하디, 〈옆방에 있는 자는 누구인가?〉

그 굴은 확실히 울퉁불퉁했다. 빅윅은 "우리 같은 부랑자들*
한테 딱 어울리는군." 하고 말했지만, 지칠 대로 지쳤거나 낮
선 땅을 헤매던 이들은 잠잘 곳에 대해 까다롭지 않은 법이다.
어쨌거나 그 굴은 토끼 열두 마리가 들어갈 만큼 넓고 습기도
없었다. 가시나무 덤불 사이로 난 굴길 두 개를 따라 내려가니
백토층 윗부분을 파낸 굴이 나왔다. 토끼는 잠자리에다 아무

것도 깔지 않기 때문에 바위처럼 딱딱한 바닥은 몹시 불편하다. 하지만 둔덕에 있는 굴은 활 모양의 굴길이 나 있어 백토층까지 내려갔다가 다시 위로 올라가면 잘 다져진 흙바닥 굴이 나왔다. 연결 통로도 없었지만 토끼들은 너무 피곤해서 그런 것에 신경 쓸 겨를이 없었다. 토끼들은 굴 하나에 네 마리씩 들어가 아늑한 곳에서 마음 편히 잠들었다. 헤이즐은 한동안 자지 않고 남아 벅손의 다리 상처를 핥아 주었다. 다행히 곪지는 않았다. 하지만 쥐한테 물린 상처 이야기를 떠올리며, 상처가 나을 때까지 벅손을 푹 쉬게 해 주고 상처에 흙이 들어가지 않도록 신경 써야겠다고 마음먹었다.

'이것으로 다친 토끼가 셋이야. 전반적으로 보면 이만하길 다행이지만.'

헤이즐은 그렇게 생각하다가 잠이 들었다.

짧은 6월 밤은 몇 시간 만에 물러갔다. 높은 언덕에는 일찌감치 아침이 찾아왔지만, 토끼들은 꼼짝도 하지 않았다. 동이 트고 한참 지났는데도 여지껏 맛보지 못한 깊은 정적에 싸여

*빅웍은 흘레실(단수형은 흘레시)이라고 했다. 나는 이 이야기 속에서 이 말을 떠돌이들, 얕은 굴을 파는 이들, 부랑자들 따위로 번역해서 썼다. 흘레시란 굴도 없이 땅 위에서 사는 토끼를 일컫는다. 떠돌아다니는 외돌토리 수토끼나 짝 없는 토끼는 특히 여름에 아주 오랫동안 이렇게 산다. 수토끼는 얕은 굴을 파기도 하고 주위에 쓸 만한 굴이 있으면 거기서 살기도 하지만, 제대로 된 굴을 파지는 않는다. 진짜 굴은 주로 암토끼가 새끼를 키울 곳을 마련하기 위해 판다.

평온히 잠들어 있었다. 요즘 숲이나 들판은 낮이면 너무 시끄럽다. 어떤 동물들은 견디지 못할 정도로 소음이 심하다. 승용차, 버스, 오토바이, 트랙터, 트럭 등 인간이 내는 소음이 들리지 않는 곳이 거의 없다. 아침에 주택가에서 나는 소리는 멀리까지 들린다. 그래서 새 소리를 녹음하는 사람들은 주로 여섯시가 되기 전 새벽에 녹음을 한다. 그때가 지나면 대부분의 삼림 지대에는 먼 곳의 소음이 끊임없이 침입해 들어온다. 지난 50년 동안 시골 지역의 고요함은 대부분 파괴되었다. 하지만 이곳 워터십 다운에서는 저 아래쪽의 소음도 희미하게 들릴 뿐이었다.

해가 언덕 위까지는 아니지만 제법 높이 떠올랐을 무렵 헤이즐은 눈을 떴다. 곁에는 벅손과 파이버와 핍킨이 자고 있었다. 굴 입구 쪽에서 잔 헤이즐은 친구들을 깨우지 않고 살그머니 굴길을 올라갔다. 밖으로 나오자 우선 흐라카를 눈 다음 산사나무들을 지나 풀밭으로 나갔다. 아래쪽 들판에 자욱하던 안개가 서서히 걷히고 있었다. 멀리 여기저기서 나무들과 지붕들이 어렴풋이 보이고, 바위 틈에서 솟아 나오는 물보라처럼 나무와 지붕 사이에서 안개가 피어오르고 있었다. 하늘은 구름 한 점 없이 새파랗고 푸른빛이 점점 짙어져 지평선은 연보랏빛을 띠고 있었다. 바람은 잠잠하고, 거미들은 벌써 풀 속 깊이 숨어 버렸다. 날씨가 더울 모양이었다.

헤이즐은 토끼들이 늘 하는 대로 풀을 뜯으며 돌아다녔다.

대여섯 번 깡충깡충 뛰어다니다가 곧추앉아 귀를 쫑긋 세우고 주위를 살펴보았다. 그러고는 열심히 풀을 뜯다가 다시 몇 미터쯤 깡충깡충 뛰어갔다. 오랜만에 처음으로 걱정 없이 편안한 기분을 맛보았다. 헤이즐은 이 새 보금자리에 대해 자세히 알아봐야겠다고 생각했다.

'파이버가 옳았어. 여기는 살기 좋은 곳이야. 하지만 되도록 실수를 줄이면서 이곳에 익숙해져야 돼. 이 굴을 만든 토끼들은 어떻게 되었을까? 달리는 걸 멈췄을까 아니면 다른 데로 옮겨 갔을까? 그 토끼들을 만날 수만 있다면 많은 것을 알 수 있을 텐데.'

그때 가장 멀리 있는 굴에서 토끼 한 마리가 움찔거리며 나왔다. 블랙베리였다. 블랙베리도 흐라카를 누고 나서 몸을 긁적거리고는 환한 햇살 속으로 깡충깡충 뛰어 들어와 귀 털을 빗었다. 블랙베리가 풀을 뜯기 시작하자, 헤이즐이 곁으로 다가가 친구가 가는 곳마다 따라다니며 풀을 뜯었다. 둘은 하늘처럼 새파란 애기풀 밭에 이르렀다. 애기풀의 긴 줄기는 풀밭 사이로 뻗어 나가고 작은 꽃송이마다 위 꽃잎 두 장을 날개처럼 펼치고 있었다. 블랙베리가 냄새를 맡아 보았다. 잎이 거칠고 맛이 없어 보였다.

블랙베리가 물었다.

"이게 뭔지 알아?"

헤이즐이 대답했다.

"몰라. 처음 보는데."

블랙베리가 말했다.

"우린 모르는 게 많아. 이곳에 대해서 말이야. 식물도 처음 보는 것들이고 냄새도 처음 맡는 것들이야. 그러니까 우리도 새로운 생각을 해야 돼."

헤이즐이 말했다.

"네가 좋은 생각을 해내야지. 네가 가르쳐 주지 않으면 난 아무것도 몰라."

블랙베리가 대답했다.

"하지만 늘 위험을 무릅쓰고 앞장서는 건 너잖아. 지금까지 그래 왔어. 이제 여행은 끝났어, 그렇지? 파이버 말대로 여긴 안전해. 누가 접근해 오면 금방 알아차릴 수 있어. 우리가 냄새를 맡고 보고 들을 수 있는 한에서는 말야."

"그런 것쯤은 문제없어."

"하지만 자고 있을 때는 아니야. 어둠 속에서도 안 보이고."

헤이즐이 말했다.

"밤이 어두운 건 당연한 거 아냐? 토끼들이 잠을 자는 것도 마찬가지고."

"숨을 곳 하나 없는 데서?"

"이 굴에서 계속 살려면 살 수도 있겠지만 대부분은 밖에서 자겠다고 할걸. 어쨌든 수토끼들이 굴을 팔 거라고는 기대하지 마. 히스 덤불숲에서 있을 때처럼 얕은 굴 한두 개쯤은 팔 수도 있겠지. 하지만 그 이상은 안 하려고 들 거야."

블랙베리가 말했다.

"그게 바로 내 고민이야. 카우슬립네 마을 토끼들은 토끼답지 않은 일들을 많이 했어. 흙 속에 돌을 박는다거나 먹을 것을 굴로 나른다거나 말야."

"그런 걸로 치면 우리도 스레아라의 양상추를 굴로 날랐잖아."

"바로 그거야. 모르겠어? 그 토끼들은 더 좋은 방법이 나타나면 자연스러운 토끼의 습성도 거기에 맞게 바꾸었잖아. 그 친구들도 했는데 우리라고 못할 것도 없지. 수토끼는 굴을 파지 않는다고 했지. 분명히 그래. 하지만 맘만 먹으면 팔 수는 있어. 깊고 아늑한 굴에 들어가서 잠을 잘 수 있다고 생각해봐. 궂은 날씨를 피할 수 있고 밤에 들어가서 쉴 수 있다면? 그럼 우리는 안전하겠지. 수토끼는 굴을 파지 않는다는 생각만 버리면 못할 게 뭐 있어? 못하는 게 아니야. 안 하는 거지."

헤이즐은 내키지 않았지만 호기심이 일었다.

"그럼 네 생각은 뭔데? 여기다 굴을 더 파서 버젓한 토끼 마을을 만들어 보자고?"

"아니, 이 굴들은 쓸모가 없어. 왜 비어 있는지 뻔해. 조금만 파다 보면 딱딱한 하얀 흙이 나와서 더 이상 못 팔 거야. 게다가 겨울엔 엄청나게 추울걸. 하지만 언덕 마루를 넘어가면 숲이 있어. 어젯밤에 오면서 얼핏 봤어. 지금 같이 올라가서 볼래?"

두 토끼는 꼭대기까지 뛰어 올라갔다. 풀길 저편에서 남동쪽으로 조금 떨어진 곳에 너도밤나무 숲이 있었다.

블랙베리가 말했다.

"저기에 큰 나무들이 좀 있어. 분명 뿌리가 땅속 깊이 뻗어 있을 거야. 거기다 굴을 파면 고향 마을 못지않게 편안하게 살 수 있을 거야. 하지만 빅윅이나 다른 친구들이 굴을 파지 않겠다거나 못 파겠다고 하면…… 글쎄, 이곳은 나무도 별로 없고 황량해. 물론 그 덕분에 아무도 살지 않아서 안전하긴 하지. 하지만 날씨가 나빠지면 우리도 못 견디고 언덕에서 내려가야 할 거야."

비탈을 내려가면서 헤이즐이 미심쩍은 듯 말했다.

"수토끼들이 굴을 판다는 건 생각도 못해 봤어. 아기 토끼들이야 굴이 필요하지. 하지만 우리도 그럴까?"

블랙베리가 말했다.

"우리가 태어난 토끼 마을은 어머니들이 태어나기 전부터 있던 거야. 우리는 굴에 익숙해져 있지만 굴파기를 거든 적은 없어. 새 굴이 있다면 누가 팠을까? 당연히 암토끼지. 분명히 말하지만, 당연하다고 생각했던 것들을 바꾸지 않으면 여기서 오래 버티지 못해. 다른 곳이라면 모를까, 여기서는 안 돼."

"보통 일이 아닌데."

"야, 빅윅하고 몇몇이 오고 있어. 쟤네들이 뭐라고 할지 물어보자."

그러나 헤이즐은 실플레이를 하면서 파이버한테만 살짝 블랙베리의 생각을 귀띔해 주었다. 잠시 뒤 토끼들이 먹이를 다 먹고 풀숲에서 뛰어놀거나 볕을 쬘 때, 헤이즐이 너도밤나무 숲에 가 보자고 제안했다.

"그냥 어떤 숲인지 구경이나 하자."

빅윅과 실버는 냉큼 찬성했고, 결국 모두 따라나서게 되었다.

숲은 토끼들이 지나온 목초지의 잡목림과 달랐다. 길이 400~500미터에 폭이 50미터도 안 되는 좁다란 숲으로, 언덕 지대에서 흔히 볼 수 있는 바람막이 숲이었다. 나무들은 잘 자란 너도밤나무가 대부분이었다. 미끈하게 뻗은 거대한 나무줄기가 초록빛 그늘 속에 굳건히 서 있고, 층층이 넓게 뻗은 나뭇가지에 햇빛이 어른거렸다. 나무 사이의 땅은 툭 트여 있어 숨을 데가 없었다. 토끼들은 어리둥절했다. 이토록 환하고 조용하고 빈 공간이 많은 숲이 있다니 이해가 되지 않았다. 너도밤나무 잎이 부드럽게 살랑대는 소리도 떡갈나무나 자작나무 숲에서 듣던 소리와 달랐다.

토끼들은 머뭇거리며 숲 언저리를 들락거리다가 북동쪽 구석에 이르렀다. 그곳에는 둔덕이 있고 그 너머로 풀밭이 쫙 펼쳐져 있었다. 덩치 큰 빅윅 곁에 있으니까 터무니없이 작아 보이는 파이버가 확신에 차서 행복한 얼굴로 헤이즐을 돌아보았다.

"헤이즐, 블랙베리 말이 맞아. 우린 최선을 다해서 여기다 굴을 파야 돼. 어쨌든 난 지금 당장이라도 팔 거야."

토끼들은 기겁했다. 하지만 핍킨은 당장 헤이즐을 따라 둔덕 아래로 내려갔다. 얼마 안 있어 두세 마리가 더 부슬부슬한 흙을 파기 시작했다. 굴파기는 쉬웠다. 종종 풀을 뜯거나 햇볕을 쬐면서 쉬엄쉬엄 했는데도 정오가 되기 전에 벌써 헤이즐은 땅속에 들어가 나무뿌리 사이에서 굴을 파고 있었다.

너도밤나무 숲에는 키 작은 관목이나 덤불이 거의 없지만 나뭇가지가 좍 뻗어 있어서 하늘을 가려 주었다. 알고 보니 이 외딴 곳에는 황조롱이가 많았다. 황조롱이는 주로 쥐만 한 동물을 잡아먹지만 가끔 어린 토끼를 노리기도 한다. 그래서 토끼들은 황조롱이가 날아다니는 것을 보면 얼른 숨는다. 잠시 뒤에이콘이 남쪽에서 날아오는 황조롱이를 발견했다. 에이콘이 발을 구르고 잽싸게 숲으로 뛰어들자 다른 토끼들도 뒤따라 숨었다. 잠시 뒤에 다시 숲에서 나와 굴을 파는데, 좀 전의 황조롱이인지 다른 황조롱이인지 모르지만 황조롱이 한 마리가 토끼들이 전날 아침에 지나온 들판 위를 높이 날아다녔다. 헤이즐은 굴파기 작업이 진행되는 동안 벅손을 보초로 세웠고, 낮 동안 두 번의 경보가 있었다. 초저녁에는 인간이 말을 타고 북쪽 숲 끝에 있는 고갯길을 지나가는 바람에 작업이 중단되었다. 그것 말고는 온종일 비둘기보다 큰 것은 구경도 못했다.

말을 탄 인간이 언덕 마루에서 남쪽으로 방향을 틀어 멀리

사라지자, 헤이즐은 숲가로 돌아와 환하고 고요한 북쪽 들판
과 멀리 킹스클레어 마을 북쪽으로 뻗어 가는 어렴풋한 고압선
들을 바라보았다. 공기가 선선해지면서 해가 북쪽 절벽을 비추
었다.

헤이즐이 말했다.

"이만하면 된 것 같아. 어쨌든 오늘은 말야. 난 맛있는 풀이
있는지 언덕 기슭까지 내려가 볼래. 여기 풀도 그런대로 괜찮
지만 너무 듬성듬성하고 말라 있어. 누구 같이 안 갈래?"

빅윅과 댄더라이언과 스피드웰이 따라나섰다. 다른 토끼들
은 풀을 뜯으면서 산사나무 쪽으로 돌아가 해가 지면 땅속으
로 들어가겠다고 했다. 빅윅과 헤이즐은 두 토끼를 데리고 숨
을 곳이 많은 길로 400~500미터쯤 돌아가 언덕 기슭에 이르
렀다. 곧 다들 무사히 밀밭 언저리에 도착해서 풀을 뜯었다.
저녁에 흔히 볼 수 있는 토끼들의 풍경이었다. 헤이즐은 피곤
한 가운데서도 만일의 경우에 달아날 곳을 눈여겨보아 두었
다. 다행히 풀이 무성한 좁은 도랑이 있었는데, 군데군데 무너
지긴 했지만 야생 파슬리와 쐐기풀이 무성하게 늘어져 있어서
긴 굴 비슷한 은신처가 될 수 있을 것 같았다. 네 토끼는 언제
든지 재깍 도랑으로 달아날 수 있는 거리에서 풀을 뜯었다.

빅윅은 토끼풀을 먹고 나그네나무에서 떨어진 꽃 냄새를 맡
으며 말했다.

"저 정도면 무슨 일이 일어나도 안심할 수 있겠어. 이야, 그

래도 고향을 떠나고 나서 많은 걸 배우지 않았냐? 거기서는 평생을 가도 다 못 배울 것들을 말야. 게다가 굴파기라! 다음엔 하늘도 날겠다. 여기는 흙도 고향 흙하고 전혀 다르지 않냐? 냄새도 다르고 미끄러지는 것도 부스러지는 것도 다 달라."

헤이즐이 말했다.

"참, 너한테 물어볼 게 있어. 그 끔찍한 카우슬립네 마을에도 훌륭한 점은 있었어. 큰 굴 말야. 우리도 큰 굴이 있었으면 좋겠어. 모두 땅속에 모여 얘기도 하고 들을 수 있다니 근사하잖아. 네 생각은 어때? 우리도 만들 수 있을까?"

빅윅은 곰곰이 생각하다가 말했다.

"이거 하나는 분명해. 굴을 너무 크게 파면 천장이 무너진다는 거. 그러니까 그 마을처럼 큰 굴을 만들려면 천장을 받쳐 줄 게 필요해. 카우슬립네 마을에서는 그게 뭐였지?"

"나무뿌리."

"흠, 우리가 굴을 파는 곳에도 나무뿌리는 있어. 하지만 그걸로 천장을 떠받칠 수 있을까?"

"스트로베리한테 큰 굴에 대해 물어보자. 하지만 아는 게 별로 없을지도 몰라. 그 굴은 스트로베리가 태어나기도 전부터 있었을 테니까."

"이제 굴이 무너져도 녀석은 죽지 않겠지. 그 마을은 낮에 나온 올빼미처럼 한심해. 녀석이 거기를 떠나온 건 잘한 일이야."

밀밭에 땅거미가 내려앉았다. 언덕 위쪽에는 여전히 붉은 햇살이 비쳤지만, 해는 이미 언덕 너머로 기울어 있었다. 들쑥날쑥한 산울타리 그림자도 희미해지다가 사라졌다. 어둠이 다가오면서 습기를 머금은 서늘한 냄새가 났다. 떡갈잎풍뎅이가 붕붕거리며 지나갔다. 여치 소리도 뚝 그쳤다.

빅윅이 말했다.

"올빼미 나오겠다. 다시 돌아가자."

바로 그때 어둑어둑한 밀밭 쪽에서 발 구르는 소리가 났다. 조금 더 가까이에서 한 번 더 소리가 나더니 하얀 꼬리가 언뜻 보였다. 모두 잽싸게 도랑으로 달아났다. 막상 숨으려고 보니 도랑은 생각보다 훨씬 좁아 간신히 몸을 돌릴 수 있을 정도였다. 빅윅과 헤이즐이 돌아서자 스피드웰과 댄더라이언이 굴러떨어지듯 뒤따라 들어왔다.

헤이즐이 물었다.

"뭐야? 무슨 소리였어?"

스피드웰이 대답했다.

"산울타리를 따라 뭔가 다가오고 있어. 동물이야. 무척 시끄러워."

"봤어?"

"아니, 냄새도 못 맡았어. 바람이 뒤에서 불잖아. 하지만 소리는 확실히 들었어."

댄더라이언이 말했다.

"나도 들었어. 꽤 큰 놈이야. 토끼만 한 놈이 제 딴에는 몸을 숨기려고 애쓰면서 비척비척 다가오고 있는 것 같아."

"홈바인가?"

빅윅이 말했다.

"아니, 홈바라면 바람이 불든 안 불든 냄새가 났을 거야. 너희들 말만으로는 고양이 같다. 담비가 아니어야 할 텐데. 호이, 호이, 우 엠블리어 흐라이어! 골치 아프게 됐군! 잠시 꼼짝 말고 숨어 있자. 하지만 여차하면 달아날 준비는 하고 있어."

토끼들은 기다렸다. 날이 금세 어두워졌다. 위쪽 뒤엉킨 덩굴 사이로 어슴푸레한 빛이 새어 들어왔다. 도랑 끝은 풀이 워낙 무성해서 밖이 보이지 않았지만, 아까 들어왔던 곳으로 검푸른 하늘이 보였다. 얼마 뒤에 도랑을 뒤덮은 풀숲 사이로 별하나가 보였다. 별빛이 바람에 흔들리듯 희미하게 깜박거렸다.

헤이즐은 한참 별을 바라보다가 다른 토끼들을 돌아보았다.

"여기서 한숨 자자. 날씨도 별로 쌀쌀하지 않으니까. 누가 그런 소리를 냈는지는 모르지만 위험한데 굳이 나갈 필요 없잖아."

댄더라이언이 말했다.

"잠깐. 무슨 소리지?"

처음에는 아무 소리도 들리지 않았다. 하지만 곧 멀리서 또렷한 소리가 들려왔다. 울부짖음 같은 소리가 들리다 말다 했다. 사냥하는 소리는 아니었지만 너무나 기괴해서 더럭 겁이 났다. 조금 있으니까 소리가 뚝 그쳤다.

빅윅이 말했다.

"대체 누가 저런 소리를 내는 거지?"

털모자처럼 북슬북슬한 빅윅의 머리털이 곤두서 있었다.

스피드웰이 눈을 휘둥그레 뜨고 말했다.

"고양이 아닐까?"

빅윅은 이빨을 드러낸 채 잔뜩 굳은 얼굴을 괴상하게 일그러 뜨리며 말했다.

"고양인 아냐! 절대로 아니야! 저게 뭔지 모르겠어? 너네 어머니가……."

빅윅은 입을 다물었다. 그러더니 소리를 아주 낮춰 말했다.

"어머니가 가르쳐 주시지 않았어?"

댄더라이언이 소리쳤다.

"아냐! 아냐! 저건 새나…… 쥐가…… 다쳐서…….."

빅윅이 벌떡 일어났다. 빅윅은 등을 활처럼 구부리고 뻣뻣 해진 고개를 끄덕이며 속삭였다.

"인레의 검은 토끼야! 아니면 뭐겠어…… 이런 곳에서 말야."

헤이즐이 말했다.

"그런 소리 하지 마!"

헤이즐은 자기도 떨고 있음을 깨닫고 양쪽 도랑둑에 다리를 버티고 섰다.

좀 더 가까운 곳에서 소리가 들려왔다. 이제 의심할 여지가 없었다. 알아듣기 힘들 정도로 변해 버렸지만 분명 토끼의 목소리였다. 소리가 얼마나 기괴하고 비통한지 어둡고 차가운 밤하늘에서 울려 나오는 것 같았다. 처음에는 그냥 울부짖음인 줄 알았다. 그런데 다음 순간 토끼들은 모두 분명하고 또렷하게 무슨 말인지 알아들을 수 있었다.

그 토끼는 무시무시하게 울부짖었다.

"존!* 존! 모두 죽었다! 아아, 존!"

댄더라이언이 낑낑거렸다. 빅윅은 허겁지겁 흙바닥을 파헤쳤다.

헤이즐이 말했다.

"조용히 해! 흙 좀 그만 뿌리구! 소리 좀 들어 보자."

그 순간 목소리가 아주 또렷하게 들렸다.

"슬라일리! 아아, 슬라일리!"

토끼들은 엄청난 공포로 정신이 몽롱해지고 몸이 굳어 버렸다. 다음 순간 흐릿한 눈으로 한곳을 뚫어지게 바라보던 빅윅이 밖으로 뛰쳐나가려고 했다.

"가야 해. 그가 부르면 가야 돼."

빅윅이 알아듣기 힘든 소리로 웅얼거렸다.

헤이즐은 겁에 질려 정신이 멍해졌다. 엔본 강 근처에서처

---

*존 : '끝났다' 또는 '끝장이다'라는 말로, 끔찍한 파국을 뜻한다.

럼 주위 사물이 비현실적으로 변하고 꿈처럼 느껴졌다. 누가, 아니 무엇이 빅윅의 이름을 부르는 걸까? 어떻게 이런 곳에 빅윅의 이름을 아는 존재가 있단 말인가? 헤이즐은 한 가지 생각밖에 없었다. 제정신이 아닌 빅윅을 내보내서는 안 된다. 헤이즐은 빅윅을 밀치고 앞질러 나아갔다.

헤이즐이 숨가쁘게 말했다.

"여기 가만히 있어. 어떤 토끼인지 내가 알아보고 올게."

그러고는 후들거리는 다리로 간신히 도랑 밖으로 기어 나갔다.

잠시 아무것도 보이지 않았다. 여전히 이슬 냄새와 딱총나무꽃 향내가 풍기고 싸늘한 풀이 콧등에 닿았다. 헤이즐은 곧추앉아 주위를 둘러보았다. 근처에는 아무도 없었다.

헤이즐이 입을 열었다.

"거기 누구냐?"

아무 소리도 나지 않았다. 헤이즐이 다시 말하려는 순간 대답이 들려왔다.

"존! 아아, 존!"

소리는 밀밭 가장자리에 있는 산울타리에서 들려왔다. 그쪽을 돌아보니 독미나리 아래 웅크리고 있는 토끼의 모습이 차츰 어렴풋이 눈에 들어왔다. 헤이즐이 다가가서 "누구냐?" 하고 물었지만 대답이 없었다. 헤이즐이 머뭇거리고 있는데 뒤에서 움직이는 기척이 났다.

댄더라이언이 숨 막히는 듯한 소리로 말했다.

"나야, 헤이즐."

둘은 함께 다가갔다. 그런데도 그 토끼는 움직이지 않았다. 희미한 별빛 속에서 보니 그것은 유령이 아니라 살아 있는 토끼였다. 금방이라도 쓰러질 것 같은 상태에서 몸이 마비된 듯 뒷다리를 축 늘어뜨리고 주저앉아 있는 토끼. 끊임없이 공포에 떨면서 아무것도 보이지 않는데도 흰자위가 드러난 눈으로 이리저리 두리번거리다가 얼굴 위로 축 늘어진 피투성이 귀를 애처롭게 핥는 토끼. 고통을 견디다 못해 자기를 잡아가라고 사방에 있는 천의 적을 부르기라도 하는 듯 울부짖는 토끼.

그 토끼는 바로 샌들포드 마을의 아우슬라 대장 홀리였다.

20 벌집과 들쥐

그의 얼굴은 긴 여행을 마친 자의 얼굴이었다.

〈길가메시 서사시〉

홀리는 샌들포드 마을에서 중요한 토끼였다. 스레아라한테서 두터운 신임을 받았고, 엄청난 용기를 발휘하여 어려운 임무를 몇 번이나 완수하기도 했다. 올 초봄에 여우 한 마리가 마을 근처 잡목림에 나타난 일이 있었다. 홀리는 자원한 토끼 두세 마리와 함께 며칠 동안 숲을 감시했고, 어느 날 저녁 여우가 훌쩍 사라질 때까지의 동정을 낱낱이 보고했다. 빅윅을 체포하기로 한 것은 스스로 내린 결정이었지만, 앙심을 품는 성격은 결코 아니었다. 오히려 자신의 본분을 잘 알고 충실히 수행하며 터무니없는 일은 절대로 안 하는 토끼였다. 건전하고 겸손하며 양심적이고 토끼다운 장난기가 조금 부족한 점까지 홀리는 타고난 2인자였다. 마을을 떠나자고 홀리를 설득하는 일은 있을 수도 없었다. 따라서 지금 홀리가 워터십 다운 기슭에 있다는 사실은 놀랍기 그지없었다. 더구나 이 지경이 되어 있다는 것은 도저히 믿을 수 없는 일이었다.

헤이즐과 댄더라이언은 독미나리 아래에 있는 가련한 짐승을 알아본 순간 땅속에서 다람쥐를 만난 것처럼, 아니 강물이 거꾸로 흐르는 광경을 본 것처럼 한동안 망연자실해 있었다. 자신의 눈과 귀가 의심스러웠다. 어둠 속의 목소리가 초자연적인 것이 아니라는 것은 밝혀졌지만 현실은 경악스럽기 그지없었다. 도대체 어떻게 홀리 대장이 여기 있는 것일까? 대체 무슨 일이 있었기에 다른 토끼도 아닌 홀리가 이 지경이 되었을까?

헤이즐은 정신을 가다듬었다. 까닭이야 어찌 됐든 일단 급한 불부터 끄고 봐야 했다. 밤에, 그것도 탁 트인 곳에서 몸을 숨길 데라곤 풀로 뒤덮인 도랑뿐인데, 제대로 움직이지도 못하는 토끼가 피 냄새를 풍기며 미친 듯이 소리 지르고 있는 상황이었다. 지금 이 순간에도 담비가 홀리의 흔적을 쫓고 있을지 몰랐다. 홀리를 구하려면 서둘러야 했다.

헤이즐은 댄더라이언에게 말했다.

"빅윅한테 가서 소리 지른 게 누군지 알려 주고 이리로 데려와. 스피드웰은 언덕에 보내서 아무도 내려오지 않도록 단단히 일러두라고 해. 도움이 되기는커녕 더 위험해질 뿐이니까."

댄더라이언이 떠나자마자 산울타리 속에서 또 다른 기척이 들렸다. 누군지 궁금해할 겨를도 없이 곧 어떤 토끼가 누워 있는 홀리에게 절름거리며 다가왔다.

그 토끼가 헤이즐에게 말했다.

"우리 좀 도와줘. 큰 재난을 겪은 데다 홀리 대장은 다쳤어. 이 근처에 굴은 있어?"

헤이즐은 그 토끼가 빅윅을 체포하러 왔던 토끼 가운데 하나라는 건 생각났지만 이름은 몰랐다.

헤이즐이 물었다.

"홀리는 위험한 곳을 돌아다니게 내버려 두고 왜 혼자만 산울타리에 숨어 있었지?"

"너희들이 오는 소리를 듣고 도망친 거야. 대장을 데리고 가려고 했지만 꼼짝도 안 해서 말야. 너희들이 엘릴인 줄 알았거든. 가만히 있으면 죽을 게 뻔하잖아. 지금은 들쥐하고도 싸울 기운이 없어."

헤이즐이 물었다.

"너, 나 기억나니?"

그 토끼가 대답하기도 전에 어둠 속에서 댄더라이언과 빅윅이 나타났다. 빅윅은 잠시 눈이 휘둥그레져서 홀리를 보더니 곧 그 옆에 웅크리고 앉아서 홀리의 코에 자기 코를 살짝 비볐다.

"홀리, 나 슬라일리야. 날 부르고 있었지?"

홀리는 아무 말 없이 빅윅만 뚫어져라 쳐다보았다.

빅윅이 고개를 들고 물었다.

"대장하고 함께 온 게 누구지? 아, 블루벨이구나. 몇 마리나 같이 왔어?"

블루벨이 대답했다.

"나뿐이야."

블루벨이 계속 말하려는데 홀리가 입을 열었다.

"슬라일리, 드디어 만났구나."

홀리는 간신히 몸을 일으켜 토끼들을 둘러보았다.

"넌 헤이즐이지, 맞지? 저 친구는…… 으음, 알았는데. 지금 내 상태가 말이 아니라서 말야."

헤이즐이 말했다.

"댄더라이언이야. 내 말 들어. 넌 지금 몹시 지쳤겠지만 이대로 있을 수는 없어. 위험하니까. 우리 굴까지 함께 갈 수 있겠어?"

블루벨이 말했다.

"대장, 한 풀잎이 다른 풀잎한테 뭐라고 했는지 알아?"

헤이즐이 블루벨을 노려보았지만, 홀리는 "글쎄?" 하고 대꾸했다.

"이렇게 말했지. '앗, 토끼다! 위험해!'"

헤이즐이 말했다.

"지금은 농담할 때가……."

홀리가 말했다.

"블루벨을 나무라지 마. 이 친구가 계속 우스갯소리를 떠들지 않았다면 여기까지 오지도 못했을 거야. 괜찮아, 이제 갈 수 있어. 여기서 먼가?"

"별로 안 멀어."

하지만 헤이즐은 홀리가 도저히 마을까지 가지 못할 거라고 생각했다.

언덕을 오르는 데는 시간이 많이 걸렸다. 헤이즐은 일행을 나누어 빅윅과 댄더라이언에게 양쪽을 지키게 하고 자기는 홀리와 블루벨을 데리고 갔다. 홀리가 서너 번도 넘게 쉬자 헤이즐은 두려움에 떨며 가까스로 짜증을 눌렀다. 아래쪽 지평선 위로 둥근 달이 떠올라 점점 밝게 빛나자 헤이즐은 참다 못해 홀리한테 빨리 걸으라고 사정했다. 그사이에 하얀 달빛 속에서 핍킨이 마중하러 내려왔다.

헤이즐은 엄하게 나무랐다.

"뭐 하는 거야? 스피드웰한테 아무도 내려오지 말라고 했는데."

핍킨이 말했다.

"스피드웰 잘못이 아니야. 강 건널 때 헤이즐 네가 날 지켜 주었으니까 나도 널 찾으러 나온 거야. 그리고 바로 굴 앞이잖아. 근데 정말로 홀리 대장을 찾은 거야?"

빅윅과 댄더라이언이 다가왔다.

빅윅이 말했다.

"이렇게 하자. 홀리와 블루벨은 오랫동안 푹 쉬어야 해. 핍킨하고 댄더라이언더러 둘을 빈 굴에 데려다 주고 당분간 함께 지내라고 하자. 홀리와 블루벨이 나을 때까지 우리는 떨어져 있는 게 좋겠어."

헤이즐이 말했다.

"그래, 그게 좋겠다. 나도 지금 너랑 같이 올라갈게."

헤이즐과 빅윅은 곧 산사나무들 앞에 도착했다. 토끼들은 모두 땅 위로 올라와서 소곤대며 기다리고 있었다.

빅윅이 누가 묻기도 전에 앞질러 말했다.

"조용! 맞아, 홀리 대장이야. 블루벨도 같이 왔어. 그렇게 둘뿐이야. 둘 다 상태가 좋지 않으니까 귀찮게 하면 안 돼. 당분간 이 굴에서 지낼 거야. 난 지금 다른 굴로 들어갈 테니까 너희도 생각 있는 토끼라면 그렇게 해 줘."

그러나 빅윅은 굴로 들어가다 말고 헤이즐에게 말했다.

"아까 도랑에서 네가 나 대신 나가 주었지. 절대로 잊지 않을게."

헤이즐은 벅손이 다리를 다친 것이 생각나서 벅손을 데리고 굴로 들어갔다. 스피드웰과 실버도 뒤따라 들어왔다.

실버가 물었다.

"헤이즐, 어떻게 된 거야? 무척 안 좋은 일이 있었던 게 분명해. 홀리가 스레아라를 떠날 리가 없는데."

헤이즐이 대답했다.

"모르겠어. 아직 아무도 몰라. 내일까지 기다려야겠지. 홀리는 달리기를 멈출지도 모르지만 블루벨은 괜찮을 거 같아. 이제 벅손 다리를 치료할 거니까 좀 비켜 줄래?"

벅손의 상처가 많이 나아지고 있어서 헤이즐도 곧 잠을 청했다.

이튿날도 전날 못지않게 구름 한 점 없이 뜨거운 날씨였다. 핍킨도 댄더라이언도 아침 실플레이에 나오지 않았다. 헤이즐은 인정사정없이 토끼들을 숲으로 내몰아 굴파기를 시켰다. 스트로베리한테 물어보니 큰 굴의 천장은 얼기설기 뒤엉킨 가는 뿌리로 덮여 있을 뿐 아니라 바닥까지 곧게 뻗은 뿌리가 받쳐 주고 있다고 했다. 헤이즐은 그런 뿌리가 있는 줄 몰랐다고 말했다.

스트로베리가 말했다.

"그런 뿌리는 많지 않지만 중요한 역할을 해. 무게를 많이 받쳐 주니까. 그 뿌리들이 없으면 큰 비가 내린 뒤에 천장이 무너지고 말 거야. 비바람이 몰아치는 밤이면 위쪽의 흙이 더 무거워지는 게 느껴지지만 위험한 적은 없었어."

헤이즐과 빅윅은 스트로베리와 함께 땅속으로 들어갔다. 새 마을은 일단 너도밤나무 뿌리 사이를 파서 만들었다. 아직은 입구가 하나뿐인 좁고 울퉁불퉁한 동굴에 지나지 않았다. 셋

47

은 뿌리 사이를 파내어 굴을 넓히고 숲 속으로 나갈 수 있는 굴길을 만들려고 위쪽으로 굴을 팠다. 조금 뒤 스트로베리가 굴을 파다 말고 뿌리 사이를 돌아다니며 냄새를 맡기도 하고 뿌리를 깨물기도 하고 앞발로 흙을 부지런히 파내기도 했다. 헤이즐은 스트로베리가 피곤하니까 바쁘게 일하는 척하면서 쉬나 보다고 생각했다. 그런데 잠시 뒤 스트로베리가 돌아와서 제안할 게 있다고 했다.

"현재 이런 상황이야. 요 위에는 튼튼한 뿌리가 넓게 뻗어 있지 않아. 그 큰 굴은 운 좋게도 그런 뿌리가 있었지만 여긴 그만한 게 없을 거야. 그래도 여기 있는 것을 잘 이용하면 분명 멋진 굴을 만들 수 있어."

블랙베리가 굴길을 내려오다가 스트로베리의 이야기를 듣고 물었다.

"여기 있는 거라니?"

"굵은 뿌리 서너 개가 천장에서부터 곧게 내리뻗어 있어. 큰 굴보다 많은 거지. 뿌리 근처의 흙만 파내고 뿌리는 그대로 남겨 두는 게 좋아. 뿌리를 갉아서 끊어 버리면 안 돼. 어쨌든 큰 굴을 갖고 싶다면 그렇게 해야 해."

"그럼 우리 큰 굴은 이 굵은 뿌리들로 가득 차게 되잖아?"

헤이즐은 적이 실망스러웠다.

스트로베리가 말했다.

"그렇긴 해. 하지만 뿌리가 있다고 나쁠 건 없어. 뿌리 사이

로 들락거릴 수도 있고, 서로 말하고 이야기를 듣는 데 방해가
되지도 않으니까. 오히려 뿌리 덕분에 굴 안이 더 따뜻하고, 위
에서 나는 소리도 더 잘 들릴 거야. 이런 점은 언젠가 쓸모가
있을지도 모른다고."

헤이즐 일행이 '벌집'이라고 부르는 굴을 파는 데는 스트로
베리의 공이 컸다. 헤이즐은 굴 파는 토끼들을 꾸리는 일만 하
고 실제 지휘는 스트로베리한테 맡겼다. 작업은 교대로 계속
되었고, 쉴 차례가 되면 토끼들은 땅 위로 나가 놀거나 햇볕을
쬐었다. 온종일 언덕은 시끄러운 소리나 인간, 트랙터, 가축
떼의 방해를 받지 않아 고적했다. 그것을 본 토끼들은 파이버
의 예지가 얼마나 큰 선물을 가져다주었는지 더욱 가슴 깊이
느꼈다. 늦은 오후가 되자 큰 굴은 모양새를 갖추기 시작했다.
북쪽 끝은 너도밤나무 뿌리가 기둥처럼 불규칙하게 늘어선 복
도 모양이었다. 그곳을 지나면 좀 더 트인 중심 공간이 나왔
다. 그리고 그 너머 기둥 뿌리가 없는 남쪽 끝은 스트로베리가
흙을 몇 군데 그대로 남겨 두게 하여 서너 칸으로 나누어 놓았
다. 이것들은 점점 좁아져 천장이 낮은 굴길이 되었고, 이 굴
길들은 잠자는 굴로 통했다.

헤이즐은 굴파기의 성과를 자기 눈으로 확인하고는 더욱 흐
뭇해하며 실버와 나란히 굴길 입구에 앉아 있었다. 갑자기
'매다! 매!'라는 뜻의 발 구르기 경보가 들려오자 밖에 나가 있
던 토끼들이 숨을 곳을 찾아 잽싸게 도망쳤다. 헤이즐은 안전

한 곳에 있었기 때문에 그대로 앉아 숲 그림자 너머 햇빛이 드는 풀밭을 바라보고 있었다. 황조롱이가 미끄러지듯 날아와 까만 꽁지를 구부리고 뾰족한 날개를 빠르게 파닥이며 언덕을 살폈다.

헤이즐은 황조롱이가 더 낮게 내려와 멈추어 선 채 날갯짓하는 모습을 지켜보며 말했다.

"저것이 과연 우리를 공격할까? 그러기엔 너무 작지 않아?"

실버가 대답했다.

"그럴지도 모르지. 하지만 그렇더라도 너 같으면 지금 밖에 나가서 풀을 뜯고 싶겠냐?"

뒤에서 올라오던 빅윅이 말했다.

"난 저런 엘릴한테 맞서 보고 싶어. 우린 무서워하는 엘릴이 너무 많아. 그래도 하늘에서 공격해 오는 새는 좀 무리겠지? 더구나 날쌔게 덮쳐 오는 놈은 말야. 갑자기 덮치면 덩치큰 토끼도 당해 내지 못할 거야."

실버가 불쑥 말했다.

"저 들쥐 보여? 봐, 저기. 가엾은 것."

숨을 곳 하나 없는 풀밭에 들쥐가 있었다. 어찌할 바를 모르는 걸 보니 자기네 굴에서 멀리 나온 게 분명했다. 아직 황조롱이 그림자가 머리 위로 지나가지는 않았지만, 토끼들이 삽시간에 사라지자 불안해서 땅바닥에 납작 엎드려 주위를 두리번거리며 어쩔 줄 몰라 했다. 황조롱이는 아직 들쥐를 발견하지 못했지만 들쥐가 움직였다 하면 바로 들킬 게 뻔했다.

빅윅이 차갑게 말했다.

"잡히는 건 시간문제군."

그때 헤이즐은 충동적으로 둔덕을 뛰어 내려가 훤히 트인 풀밭으로 조금 들어갔다. 들쥐는 토끼어를 쓰지 않지만, 산울타리나 삼림 지대에는 아주 간단한 공통어가 있었다. 헤이즐은 그것을 사용했다.

"뛰어! 이쪽, 빨리."

들쥐는 헤이즐을 쳐다보았지만 움직이지는 않았다. 헤이즐이 다시 말하자 들쥐가 헤이즐 쪽으로 급하게 달려왔다. 그 순간 황조롱이가 휙 돌아서 비스듬히 아래쪽으로 날아왔다. 헤이즐은 부랴부랴 굴로 돌아왔다. 밖을 내다보니 들쥐가 따라오고 있었다. 둔덕 밑에 이르러 땅바닥에 떨어진 푸른 잎이 두세 장 달린 잔가지를 넘어 허겁지겁 달려왔다. 잔가지가 뒤집히면서 나뭇잎 하나가 나무 사이로 비치는 햇살을 받아 반짝빛났다. 곧이어 황조롱이가 비스듬히 날아 내려오다가 날개를 접고 급강하했다.

굴 입구에 있던 헤이즐이 안쪽으로 폴짝 물러나기도 전에 들쥐가 헤이즐의 앞발 사이로 뛰어들어 뒷다리 사이에 찰싹 엎드렸다. 그 순간 황조롱이가 날카로운 부리와 발톱을 세우고서 마치 대포알처럼 무서운 속도로 굴 바로 앞까지 달려들었다. 황조롱이는 사납게 퍼덕거렸다. 한순간 왕방울만 한 검은 눈이 굴속을 빤히 들여다보았다. 그러더니 바로 날아가 버렸다. 헤이즐은 순식간에 코앞으로 달려드는 황조롱이 기세에 잔뜩 겁을 먹고 뒤로 펄쩍 물러나다가 실버와 부딪쳐 나동그라졌다. 둘은 말없이 일어났다.

실버가 빅윅을 돌아보며 말했다.

"저런 놈한테 맞서 보고 싶다고? 그때는 나한테 알려 줘. 꼭 가서 구경해 줄 테니까."

빅윅이 말했다.

"헤이즐 넌 바보짓 할 녀석이 아닌데 무슨 이득이 있다고 그런 거야? 두더지나 뾰족뒤쥐가 미처 땅속에 숨지 못할 때마다 구해 줄 작정이야?"

들쥐는 꼼짝도 하지 않았다. 여전히 굴 입구 바로 안쪽에서 웅크리고 있었는데, 토끼들 머리와 같은 높이에 있어서 역광을 받아 몸의 윤곽이 그대로 드러났다. 헤이즐은 들쥐가 자기를 지켜보고 있음을 알았다.

헤이즐이 말했다.

"매는 아직 안 갔을 거야. 지금은 여기 있어. 나중에 가."

빅윅이 뭐라고 하려는데 댄더라이언이 입구에 나타났다. 댄더라이언은 들쥐를 보자 살짝 옆으로 밀치고 들어왔다.

"헤이즐, 홀리에 대해 보고해야 될 것 같아서 왔어. 오늘 저녁은 한결 나아졌어. 하지만 어젯밤엔 어찌나 괴로워하던지 우리도 무척 힘들었어. 잠이 드는가 싶으면 흠칫 깨어나서 울부짖는 거야. 미친 게 아닌가 싶더라고. 핍킨이 말상대를 해 주었는데 참 잘하더군. 홀리는 블루벨이 없으면 안 되는 것 같았어. 블루벨은 쉴 새 없이 농담을 해 댔지. 새벽에는 홀리도 우리도 완전히 녹초가 되었어. 그러고는 하루 종일 잤지. 홀리는 오늘 오후에 일어난 뒤로는 웬만큼 정신이 들었는지 실플레이하러 나갔어. 오늘 밤엔 너나 다른 토끼들이 어디에 있을 거냐고 홀리가 묻기에 너한테 물어보러 온 거야."

빅윅이 물었다.

"그럼 이젠 홀리하고 얘기해도 괜찮은 거야?"

"그런 거 같아. 홀리한테는 그게 가장 좋을 것 같아. 우리랑 함께 있으면 어젯밤처럼 그렇게 괴로워하진 않을 거야."

실버가 물었다.

"그렇다면 오늘은 어디서 자는 게 좋을까?"

헤이즐은 곰곰이 생각했다. 벌집은 아직 대충 파기만 했을 뿐 완성되지 않았지만, 잠자기에는 산사나무 쪽 굴 못지않게 편할 것이다. 게다가 불편하다면 더 편안한 굴로 만들고자 하는 의욕이 생길 것이다. 낮에 힘들게 만든 굴에서 잠을 자게 되면 다들 뿌듯해할 테고, 백토 굴에서 사흘째 자는 것보다는 더 좋아할 것이다.

헤이즐이 말했다.

"여기가 좋겠어. 하지만 다들 생각이 어떤지 알아보자."

댄더라이언이 물었다.

"이 들쥐는 왜 여기 있는 거야?"

헤이즐이 자초지종을 들려주자 댄더라이언도 빅윅처럼 어리둥절해했다.

헤이즐이 말했다.

"사실 딱히 이유가 있어서 구하러 나간 건 아냐. 하지만 지금은 좋은 생각이 났어. 나중에 자세히 말해 줄게. 우선은 빅윅하고 같이 홀리한테 가서 얘기해 봐야겠어. 댄더라이언 너는 네가 방금 한 얘기를 모두한테 전하고 오늘 밤에 어디서 자고 싶은지 알아볼래?"

홀리는 댄더라이언이 처음 언덕에 올랐을 때 주위를 둘러보던 개밋둑 근처 풀밭에서 블루벨과 핍킨과 함께 있었다. 홀리는 난초 냄새를 맡고 있었다. 홀리가 코를 들이대자 연보랏빛 꽃송이가 살랑살랑 흔들렸다.

블루벨이 말했다.

"대장, 겁주지 마. 날아가 버릴지도 모른다구. 어차피 이것들은 옮겨 갈 데가 많거든. 봐, 풀밭에 잔뜩 있잖아."

홀리가 유쾌하게 대꾸했다.

"어이, 블루벨, 걱정하지 마. 우리는 이곳에 대해 알아야 해. 여기 식물의 절반은 처음 보는 것들이라구. 이건 먹을 수 없지만, 어쨌거나 맛있는 오이풀이 많아서 다행이야."

파리가 다친 귀에 앉자 홀리는 인상을 찌푸리며 머리를 흔들었다.

헤이즐은 홀리가 한결 기운을 차린 것을 보고 기뻤다. 그래서 홀리더러 괜찮으면 다른 토끼들을 만나는 게 어떻겠냐고 말하려는데 홀리가 대뜸 물었다.

"너희들은 수가 많니?"

빅윅이 말했다.

"흐라이어."

"함께 마을을 떠난 친구들은 다 살아 있나?"

헤이즐이 자랑스럽게 대답했다.

"그럼."

"아무도 다치지 않고?"

"어, 이런저런 일로 몇몇이 다치긴 했어."

빅윅이 말했다.

"잠시도 심심할 틈이 없었지."

"저기 오는 건 누구지? 처음 보는데."

스트로베리가 너도밤나무 숲에서 뛰어와서는, 예전에 헤이즐 일행이 카우슬립네 큰 굴에 가기 전 비 내리는 목초지에서 본 것과 똑같이 머리와 앞발을 춤추듯 흔드는 이상한 몸짓을 하기 시작했다. 그러다가는 당황했는지 멈칫하고는 빅윅한테 욕을 먹기 전에 얼른 헤이즐에게 말을 걸었다.

"헤이즐-라, (홀리는 깜짝 놀랐지만 아무 말도 하지 않았다.) 다들 오늘 밤에는 새 굴에서 자고 싶대. 그리고 홀리 대장이 괜찮아졌으면 무슨 일이 있었는지, 어떻게 여기까지 왔는지 듣고 싶대."

헤이즐이 홀리한테 말했다.

"음, 당연한 말이지만 우린 모두 궁금해하고 있어. 이쪽은 스트로베리야. 여행하다가 만났는데 참 좋은 친구야. 그런데 이젠 얘기할 수 있을 거 같아?"

홀리가 말했다.

"할 수 있어. 하지만 미리 말해 두는데, 내 이야기를 들으면 모두 가슴이 얼어붙는 것 같을 거야."

홀리가 얼마나 슬프고 암울한 표정으로 말하는지 아무도 대꾸하지 못했다. 잠시 뒤 여섯 토끼는 말없이 비탈을 올라갔다. 숲 북쪽 귀퉁이에 이르러 보니 다른 토끼들은 풀을 뜯거나 저녁 햇살을 쬐고 있었다. 홀리는 토끼들을 쓱 둘러보고는 노란 개미자리 꽃밭에서 파이버와 함께 풀을 뜯고 있는 실버한테 다가갔다.

홀리가 말했다.

"실버, 여기서 널 보게 되다니 반갑다. 그동안 고생 많았다며?"

실버가 대답했다.

"쉽진 않았지. 헤이즐이 훌륭하게 이끌어 왔고, 여기 파이버 덕도 톡톡히 봤어."

홀리는 파이버를 돌아보며 말했다.

"네 얘긴 들었어. 그 일을 예견했던 토끼구나. 네가 스레아라한테 알려 주러 왔었지?"

파이버가 말했다.

"오히려 스레아라한테 설교만 들었지."

"네 말을 귀담아듣기만 했어도! 하지만 엉겅퀴에 도토리가 열리지 않듯이 이젠 돌이킬 수 없는 일이야. 실버, 헤이즐이나 빅윅보다 네가 더 편해서 그러는데 너한테 꼭 해 둘 말이 있어. 난 여기서 문제를 일으키려고 온 게 아니야. 그러니까, 헤이즐을 상대로 말야. 이제 누가 뭐래도 헤이즐은 너희 족장 토끼야. 난 헤이즐을 잘 모르지만 틀림없이 뛰어난 토끼일 거야. 그렇지 않았다면 너희는 모두 죽었겠지. 게다가 지금은 아옹다옹할 때가 아니야. 내가 이곳을 휘저으려고 하는 게 아닌가 생각하는 토끼가 있으면 절대로 그럴 생각이 없다고 전해 줘."

실버가 말했다.

"그래, 알았어."

빅윅이 다가왔다.

"아직 올빼미가 나올 시간은 아니지만, 다들 네 얘기를 들으러 지금 당장 굴에 들어가자고 난린데 넌 어때?"

홀리가 되물었다.

"굴? 어떻게 다 같이 굴에 들어가 얘기를 들을 수 있지? 난 여기서 할 작정이었는데."

빅윅이 말했다.

"와서 봐."

홀리와 블루벨은 벌집을 보고 감탄했다.

홀리가 말했다.

"이거 정말 새로운 건데. 어떻게 천장이 무너지지 않지?"

블루벨이 말했다.

"무너질 턱이 없지. 여긴 언덕 꼭대기니까."

빅윅이 말했다.

"여행하는 길에 알게 된 방법이야."

블루벨이 말했다.

"들판에 누워 있는 기분이야. 좋아, 대장이 이야기할 동안 난 얌전히 있을게."

홀리가 말했다.

"그래야지. 이제 곧 아무도 우스갯소리는 듣고 싶지 않을 거야."

거의 모든 토끼가 큰 굴로 모여들었다. 벌집은 모두 들어갈 만큼 넓었지만 카우슬립네 큰 굴만큼 통풍이 잘되지 않아 6월 밤인 지금 조금은 덥고 답답했다.

스트로베리가 헤이즐에게 말했다.

"간단히 시원하게 만들 방법은 있어. 저번 큰 굴에서는 굴길을 만들어 여름엔 열어 놓고 겨울엔 막아 두었지. 우리도 내일 해 지는 쪽에다 굴길을 하나 더 파면 바람이 잘 통할 거야."

헤이즐이 막 홀리한테 시작하라고 말하려는데 스피드웰이 동쪽 굴길로 내려왔다.

"헤이즐, 너의…… 그, 그 손님, 그 들쥐 말야, 할 얘기가 있
대."

"아, 깜빡했다. 어디 있어?"

"굴길에."

헤이즐이 굴길을 올라갔다. 들쥐는 굴길 입구에서 기다리고
있었다.

헤이즐이 말했다.

"이제 가? 안전해?"

"이제 가. 올빼미 안 기다려. 말하고 싶어. 너 들쥐 구했어.
한번은 들쥐가 너 구해. 너 필요하면 나 온다."

빅윅이 굴길 아래쪽에서 투덜거렸다.

"맙소사! 형제자매 모두 다 끌고 오겠군. 여긴 들쥐들이 득
실거리게 될걸. 헤이즐, 들쥐들한테 굴 한두 개쯤 파 달라고 하
지 그래?"

헤이즐은 들쥐가 긴 풀숲 속으로 사라지는 것을 지켜보았
다. 그러고 나서 벌집으로 돌아와 방금 이야기를 시작한 홀리
옆에 앉았다.

21 "엘-어라이라도 울부짖으리라"

동물을 사랑하시오. 신은 동물들에게 근심 없이 생각하고
기쁨을 누릴 수 있는 자질을 내리셨습니다. 동물을 괴롭히지 말고,
곤경에 빠뜨리지 말고, 행복을 빼앗지 마시오. 신의 뜻을 거스르지 마시오.

도스토예프스키, 〈카라마조프의 형제들〉

해가 뜨고 지는 사이에 이루어진 부정 행위는
그 하나하나가 뼈처럼 역사 속에 남아 있다.

W. H. 오든, 〈화씨 6도 상승〉

"너희가 떠난 날 밤 아우슬라들은 추적에 나섰어. 그것도 이젠
까마득한 옛일 같기만 하구나! 우리는 냄새를 쫓아 시내까지
내려갔다가 너희들이 시내를 따라간 것 같다고 스레아라한테
보고했어. 그러자 스레아라는 목숨을 걸면서까지 추적할 필요

는 없다고 했어. 떠난 자는 떠난 자라고. 하지만 되돌아오는 자는 반드시 체포하라고 했어. 그래서 나는 추적을 그만두었지.

다음 날은 별다른 일이 없었어. 파이버와 토끼들이 떠난 일을 두고 이러쿵저러쿵 말은 있었지. 다들 파이버가 나쁜 일이 일어날 거라고 예언한 사실을 알고 있었기 때문에 온갖 소문이 떠돌았어. 많은 토끼들은 헛소리라고 넘겨 버렸지만 몇몇 토끼는 인간이 총과 흰족제비를 데리고 나타날 수도 있다고 믿었어. 그보다 더 나쁜 일은 상상할 수도 없었어. 그것 아니면 백맹증 정도였지.

월로와 나는 그 문제를 두고 스레아라와 이야기했어.

스레아라는 이렇게 말했지.

'미래를 내다볼 줄 안다고 주장하는 토끼들이 있지. 나도 한두 마리 알고 있네. 하지만 그런 토끼들 말은 듣지 않는 게 좋아. 무엇보다도 그냥 장난인 경우가 많으니까. 힘겨루기로는 출세할 가망이 없는 약한 토끼가 으스대고 싶을 때 가장 잘 써먹는 수법이 예언이야. 그런데 이상한 건 예언이 틀려도 그럴듯하게 연기하면서 계속 예언을 해 대면 아무도 눈치 채지 못한다는 걸세. 하지만 정말로 그런 특이한 능력을 가진 토끼를 만날 수도 있지. 실제로 있으니까. 홍수가 일어난다거나 흰족제비와 총이 다가온다고 예언할 수도 있겠지. 예언이 맞아떨어져서 몇몇 토끼들이 달리기를 멈추게 될지도 모르지. 하지만 그걸 피할 길이 있을까? 마을을 완전히 떠난다는 건 엄청난 사건이야. 남겠다고 버티는 토끼도 있을 거야. 족장 토끼는 함께 가겠다는 토끼들을 데리고 떠나겠지. 족장의 권위는 가혹하기 그지없는 시험대에 오르고, 한번 잃은 권위는 되찾기가 쉽지 않지. 기껏해야 숨을 곳도 없는 벌판에서 많은 흘레시 무리를 이끌면서, 어쩌면 암토끼와 아기 토끼들까지 데리고 떠돌아다니겠지. 엘릴이 떼 지어 나타날 테고. 그야말로 극약처방인 셈이지. 늘 그렇지만 토끼는 굴속에 숨어 위험을 피하는 게 상책이야."

파이버가 말했다.

"가만히 앉아서 지어낸 말이 아니야. 스레아라라면 그럴 수도 있겠지만. 난 비명이 나올 만큼 끔찍한 광경을 보았어. 정말이지 그런 광경은 두 번 다시 보고 싶지 않아! 죽을 때까지 잊지 못할 거야. 그 끔찍한 광경과 주목 밑에서 지냈던 밤을. 세상에는 무시무시한 재앙이 존재해."

홀리 대장이 말했다.

"그건 인간이 일으킨 재앙이야. 다른 엘릴들은 제 할 일을 하고, 우리가 그렇듯 프리스 님이 명하신 대로 살아가지. 다들 이 땅에 살면서 먹이를 먹어. 하지만 인간은 이 세상을 망치고 동물을 모조리 죽일 때까지 절대로 멈추지 않을 거야. 이야기가 너무 옆길로 샜군. 이튿날 오후부터 비가 내렸어."

(벽손이 댄더라이언에게 "우리가 둔덕에서 굴을 파고 있었을 때야." 하고 속삭였다.)

"모두 굴속에서 펠릿*을 씹거나 잠을 자고 있었지. 나는 흐라카를 누려 잠깐 밖에 나와 있었어. 도랑에서 가까운 숲가에 있었는데, 맞은편 비탈 꼭대기에 세워진 널빤지 옆 문에서 인간들이 나오는 거야. 한 서너 명이었나, 확실히는 모르겠어. 모두 다리가 길쭉하고 시커멓고, 불붙은 하얀 막대기를 입에 물고 있었어. 다른 데로 가는 것 같지는 않았어. 빗속에서 어슬렁거리며 산울타리나 시내를 살펴보았지. 조금 있다가 인간들은 시내를 건너 쿵쿵거리며 우리 마을 쪽으로 올라왔어. 토끼굴이 나타날 때마다 막대기로 쑤셨어. 저희들끼리 뭐라고 지껄이면서 말야. 비에 젖은 딱총나무 꽃 냄새와 하얀 막대기 냄새가 지금도 생생해. 인간들이 가까이 오자 나는 슬그머니 굴로 숨었어. 얼마 동안 쿵쿵거리는 발소리와 말소리가 들려왔어. 나는 '어쨌든 놈들은 총도 없고 흰족제비도 안 데려왔잖아.'라고만 생각했어. 하지만 뭔가 꺼림칙했지."

실버가 물었다.

"스레아라는 뭐라고 했어?"

"모르겠어. 나도 물어보지 않았고, 내가 알기로는 아무도 물어보지 않았을 거야. 잠깐 잠이 들었다가 눈을 떠 보니 땅 위에서는 아무 소리도 나지 않았어. 저녁나절이라 실플레이하러

---

*펠릿 : 점막에 싸여 있는 부드러운 똥으로 피막분이라고 한다. 피막분에는 소화되지 않은 연한 식물과 비타민 B_{12}가 들어 있다. 토끼는 생후 3주부터 이것을 먹는데, 먹지 못하면 영양실조로 죽는다고 한다. —옮긴이

나가기로 했지. 줄곧 비가 내렸지만 돌아다니며 풀을 뜯었지. 여기저기 굴을 쑤셔 놓은 것 말고는 달라진 게 없었어.

이튿날 아침은 맑게 개었어. 다들 여느 때처럼 실플레이하러 나갔지. 나이트셰이드가 스레아라한테 이제 연로하시니까 무리하지 말라고 당부하기도 했어. 그러자 스레아라는 연로한 게 누군지 가르쳐 주겠다며 나이트셰이드를 툭 쳐서 둔덕 아래로 밀어뜨렸지. 장난이긴 했지만 스레아라는 자기가 나이트셰이드쯤은 이길 수 있다는 걸 보여 주고 싶었던 거지. 그날 아침에 나는 양상추를 구하러 갈 생각이었는데, 이런저런 이유로 혼자 갔어."

빅윅이 말했다.

"양상추 서리대는 보통 세 마리잖아."

"그래, 보통은 셋이지만 그날은 딴 이유가 있어서 혼자 갔지. 아, 그래, 생각났다. 철 이른 당근을 찾으러 갈 작정이었어. 당근이 익을 때가 된 것 같은데, 낯선 밭을 돌아다닐 거면 혼자 가는 게 낫겠다 싶었지. 오전 내내 나가 있다가 니-프리스가 다 되어 숲을 지나왔어. 한적한 둑으로 내려왔지. 다른 토끼들은 대개 이끼바위 쪽으로 다니지만 나는 늘 한적한 둑으로 다녔어. 울타리 쪽 탁 트인 숲가로 나오다가 맞은편 언덕 꼭대기 길 문가에 흐루두두가 서 있는 걸 봤어. 그 흐루두두에서 인간들이 우르르 내렸어. 그중에는 소년이 하나 있었는데 총을 들고 있었어. 인간들은 크고 기다란 물건들을 꺼냈어. 어떻게 설명해야 될지 모르겠지만, 흐루두두와 똑같은 재료로 만들어진 건데 꽤나 무거운지 두 사람이 하나씩 옮기더군. 인간들이 그걸 들판으로 가져오자 밖에 나와 있던 토끼들은 땅속으로 숨었어. 나는 가만있었지. 총이 있는 걸로 보아 흰족제비나 그물로 우리를 사냥하려는 것 같았어. 그래서 그 자리에서 가만히 지켜보았어. '무슨 일을 꾸미는지 알아내면 곧바로 스레아라한테 알려야지.' 하고 생각하면서.

인간들은 한참 이야기를 나누며 하얀 막대기들을 태워 댔어. 인간들은 원래 늑장을 부리잖아? 마침내 한 인간이 삽을 가지고 와서 굴을 막기 시작했어. 눈에 띄는 굴은 무조건 굴 위쪽의 뗏장을 떼다가 입구를 틀어막았지. 나는 어리둥절했어. 인간이 토끼를 굴 밖으로 몰아낼 때는 보통 흰족제비를 쓰거든. 그래도 굴 몇 개는 남겨 두고 거기다 그물을 치려나 보다 생각했어. 흰족제비를 쓰기엔 어리석은 방법이긴 하지만 말야. 굴길을 막아 버리면 토끼들은 땅속에서 죽어 버리고, 흰족제비도 굴에서 빠져나오기 힘들 테니까."

흰족제비가 쫓아오는데 굴길이 막혀 있는 광경을 상상하고 핍킨이 부들부들 떨자, 헤이즐이 홀리에게 말했다.

"홀리, 너무 무섭게 하지 마."

그러자 홀리는 울화가 치민다는 듯이 대꾸했다.

"무섭다고? 아직 시작도 안 했어. 듣기 싫으면 나가도 돼."

아무도 움직이려고 하지 않자 홀리는 이야기를 계속했다.

"또 한 사람이 길고 가는 구부러진 물건들을 가져왔어. 뭐라고 불러야 할지 모르겠지만 꼭 무성한 가시나무 덤불 같았어. 사람들이 그것을 하나씩 들어서 그 무거운 물건 위에 얹었어. 그러자 쉬익 하는 소리가 나더니, 그러니까…… 음, 너희는 이해하기 힘들겠지만 공기가 나빠지기 시작했어. 어찌 된 일인지 멀찍이 떨어져 있는 나까지도 그 가시나무 덤불 같은 것에서 나오는 지독한 냄새를 맡았어. 앞도 안 보이고 생각도 할 수 없었어. 금방이라도 쓰러질 것 같았지. 가까스로 일어나 내달렸지만 어디가 어디인지도 알 수 없었어. 정신을 차리고 보니 인간들이 있는 쪽 숲 언저리에 와 있는 거야. 아슬아슬하게 멈춰섰지. 어찌나 당황했는지 스레아라한테 알리는 것도 까맣게 잊었어. 그 자리에 그냥 주저앉고 말았지.

인간들은 막지 않고 남겨 둔 굴마다 가시나무 덤불 같은 것을 쑤셔 넣었어. 잠시 아무 일도 일어나지 않았어. 그런데 스케이비어스가 눈에 들어왔어. 스케이비어스 알지? 스케이비어스는 산울타리에 있는 굴에서 나왔어. 인간들이 미처 보지 못한 굴이었지. 척 보니까 스케이비어스도 그 냄새를 맡았더군. 자기가 뭘 하고 있는지도 모르는 것 같았어. 처음에는 인간들도 스케이비어스를 보지 못했지만, 곧 누군가 스케이비어스 쪽을 가리키자 소년이 총을 쏘았어. 스케이비어스는 비명을 질렀지만 죽진 않았어. 그러자 한 사람이 다가와서 스케이비어스를 붙잡더니 사정없이 두들겨 패더군. 스케이비어스는 그다지 고통을 느끼지 못했을 거야. 나쁜 공기 때문에 이미 정신을 잃었으니까. 하지만 차마 눈 뜨고 볼 수 없는 광경이었어. 그러고 나서 인간은 스케이비어스가 나온 굴을 막아 버렸지. 그때쯤에는 분명 땅속의 굴길이나 속굴까지 독가스가 퍼졌을 거야. 얼마나 아수라장이었을지 상상이……."

"결코 상상할 수 없을 거야."

블루벨이 말했다. 그러고는 홀리가 입을 다물자 잠시 뜸을 들였다가 다시 입을 열었다.

"내가 냄새를 맡기 전부터 소동이 벌어지는 소리가 들려왔어. 암토끼들이 먼저 냄새를 맡고 몇몇은 밖으로 도망치려고 했지. 하지만 아기가 딸린 암토끼들은 떠나지 않고 가까이 다가오는 토끼들을 무조건 공격했어. 아기 토끼를 보호하기 위해 싸우려고 했던 거지. 서로 할퀴고 짓밟으면서 먼저 나가려는 토끼들 때문에 굴길이란 굴길은 순식간에 아수라장이 되고 말았어. 평소에 다니던 굴길로 올라가 보면 입구가 막혀 있었어. 간신히 되돌아서 내려오려고 해도 밑에서 다른 토끼들이 올라오는 바람에 옴짝달싹할 수 없었어. 마침내 죽은 토끼들이 쌓여서 굴길을 가로막자 살아 있는 토끼들은 시체를 발기발기 찢어 댔지.

거기를 어떻게 빠져나왔는지 나도 모르겠어. 천에 하나 있을까 말까 한 행운이었지. 내가 있던 속굴 근처 굴 입구에다 인간들이 무슨 짓인가 하고 있었어. 요란한 소리와 함께 가시나무 덤불 같은 것이 쑥 들어오는데 제 역할을 못하는 것 같았어. 난 냄새를 맡자마자 굴길로 튀어나가서인지 아직 정신이 말짱했지. 굴길로 올라가 보니 인간들이 도로 가시나무 덤불 같은 것을 빼내고 있었지. 다들 그것을 보며 이야기하느라 날 미처 보지 못한 모양이야. 그래서 나는 거의 굴 입구까지 갔다가 얼른 도로 내려왔어.

슬랙 런* 생각나니? 요즘에는 그 굴길로 다니는 토끼가 거의 없을 거야. 아주 깊은 데다 어디로 이어져 있는지도 모르니까. 누가 만들었는지조차 모르지. 틀림없이 프리스 님께서 날 그리로 인도하셨을 거야. 난 곧장 슬랙 런으로 들어가 엉금엉금 기어 내려갔어. 굴을 파다시피 하며 지나가기도 했어. 푸석푸석한 흙과 무너진 돌멩이들이 잔뜩 쌓여 있었거든. 위쪽에는 온갖 구멍들이 뚫려 있고 아래쪽에서는 끔찍한 소리들이 들려왔어. 살려 달라고 아우성치는 소리, 아기 토끼가 엄마 토끼를 찾아 자지러지게 우는 소리, 명령을 내리는 아우슬라 소리, 서로 욕설을 퍼부으며 싸우는 소리. 한번은 위쪽 구멍에서 토끼가 굴러 떨어지는 바람에 발톱에 긁히기도 했어. 가을에 떨어지는 마로니에 열매 가시에 긁힌 정도이긴 하지만. 셸런다인 녀석이었는데 이미 죽어 있었어. 굴길 천장이 좁고 폭도 좁아서 셸런다인을 찢지 않고서는 앞으로 나아갈 수 없었지.

*슬랙 런 : 비밀 통로. ―옮긴이

68

그렇게 나는 계속 나아갔어. 독가스 냄새가 나긴 했지만 꽤 깊이 내려온 덕분인지 그렇게 심하지는 않았지.

그러다 문득 곁에 다른 토끼가 있다는 사실을 깨달았어. 슬랙 런을 지나는 동안 처음 만난 토끼였지. 핌퍼넬이었는데 척 보기에도 상태가 좋지 않았어. 숨을 헐떡이며 뭐라고 웅얼거리면서 계속 나아갔어. 핌퍼넬이 나더러 괜찮냐고 물었지만 나는 '어디로 나가야 되니?' 하고만 물었어. 핌퍼넬은 '내가 가르쳐 줄 테니까 날 좀 도와줘.' 하고 말하더군. 그래서 나는 핌퍼넬을 따라가다가 핌퍼넬이 멈춰 설 때마다 힘껏 밀어 주었어. 핌퍼넬은 자꾸만 자기가 어디 있는지를 잊어버렸거든. 한번은 내가 물어뜯기까지 했지. 핌퍼넬이 죽어 버려 길을 막을까 봐 겁도 났어. 드디어 위로 올라가게 되면서 신선한 공기 냄새가 나더군. 알고 보니 우리는 굴길을 따라 숲 속으로 나온 거야."

다시 홀리가 이야기했다.

"사람들이 일을 엉성하게 한 거지. 숲 속에 굴이 있는 줄 몰랐거나 숲 속까지 들어와 굴을 막기가 귀찮았는지도 몰라. 들판으로 나온 토끼는 거의 다 총에 맞아 죽었지만 두 마리는 용케 도망쳤어. 하나는 노즈-인-디-에어였어. 또 하나는 누구였는지 기억이 안 나. 총소리가 얼마나 무시무시했는지 나도 도망치고 싶었지만 스레아라가 나오는지 보려고 계속 기다렸어. 얼마 뒤 숲에는 도망쳐 온 토끼들이 몇몇 더 있는 걸 알게 되었지. 파인 니들즈하고 버터버와 애쉬도 있었어. 나는 그 친구들한테 꼼짝 말고 숨어 있으라고 일러두었어.

한참 뒤에야 인간들은 일을 끝냈어. 인간들은 가시나무 덤불 같은 것을 구멍에서 끌어냈고, 소년은 죽은 토끼들을 막대기에 매달아⋯⋯."

홀리는 더 이상 말을 잇지 못하고 빅윅의 옆구리에 코를 갖다 댔다.

헤이즐이 차분하게 말했다.

"그 부분은 그냥 넘어가고 어떻게 도망쳤는지 얘기해 줘."

"그 사건이 일어나기 전에 커다란 흐루두두가 길에서 내려와 들판으로 들어왔어. 인간들이 타던 흐루두두하곤 다른 놈이었어. 무척 시끄럽고 겨자풀처럼 노란색이었어. 그리고 앞쪽에는 거대한 앞발 두 개가 은빛 나는 커다란 물건을 떠받치고 있었지. 어떻게 설명해야 좋을까. 그건 인레처럼 생겼는데, 환하게 빛나지는 않았고 폭도 더 넓었어. 그것이⋯⋯ 어떻게 말하면 좋을지⋯⋯ 그것이 들판을 산산조각 냈어. 들판을 파괴해 버렸어."

홀리는 더 이상 말을 잇지 못했다.

실버가 말했다.

"대장, 대장이 말할 수 없이 끔찍한 광경을 본 줄은 알겠어. 하지만 설마 진짜로 있었던 일은 아니지?"

홀리가 부들부들 떨면서 말했다.

"맹세코 사실이야. 그것은 땅속에 박히더니 엄청나게 많은

70

흙을 앞으로 밀어내면서 들판을 뒤집어엎었어. 온 들판이 소떼들이 한바탕 짓밟고 간 진흙탕처럼 되어 버리고, 나중에는 숲에서 시내까지 들판이 있던 흔적조차 남지 않았어. 흙도 뿌리도 풀도 덤불도 그놈이 전부 밀고 가 버렸어. 땅속에 있던 것은 물론이고.

한참 뒤에야 나는 숲으로 돌아갔어. 살아남은 토끼를 모아야겠다는 생각 따윈 까맣게 잊고 있었지만, 어쨌거나 세 마리가 날 따라왔지. 여기 있는 블루벨과 핌퍼넬과 젊은 토드플랙스였어. 남은 아우슬라는 토드플랙스뿐이라서 그 친구한테 스레아라에 대해 물어보았지만 제대로 대답도 못하는 상태였어. 결국 스레아라가 어떻게 되었는지는 알아내지 못했지. 차라리 빨리 죽었기를 바랄 뿐이야.

핌퍼넬은 머리가 이상해져 헛소리만 주절댔어. 블루벨과 나라고 해서 크게 다르지 않았지. 어찌 된 일인지 나는 빅윅 생각밖에 나지 않았어. 빅윅을 체포하러, 아니 죽이러 갔던 때가 떠오르자 어떻게든 빅윅을 만나서 내가 틀렸다는 말을 해야 할 것 같았어. 제대로 된 생각이라곤 이것밖에 없었지. 우리 넷은 제자리를 맴돌면서 헤매다녔나 봐. 한참 뒤에야 들판 아래쪽 시내에 이르렀거든. 우리는 시내를 따라 숲으로 들어왔지. 그리고 그날 밤 숲 속에서 토드플랙스가 죽었어. 토드플랙스가 죽기 전에 잠시 정신을 차리고 한 말이 있지. 블루벨이 토끼가 밀밭이나 채소밭을 약탈하기 때문에 인간들한테서 미움을 받는다고 하자 토드플랙스가 이렇게 대꾸했어. '인간들이 우리 마을을 파괴한 것은 그 때문이 아니야. 우리가 거추장스런 방해물이기 때문이야. 인간들은 그저 저희들 편하려고 우리를 죽인 거야.' 그러더니 이내 잠이 들었어. 조금 뒤에 무슨 소리가 나서 토드플랙스를 깨웠더니 이미 죽었더군.

우리는 토드플랙스를 버려 두고 계속 가다가 강에 이르렀어. 너희들도 거기 있었을 테니까 굳이 설명 안 해도 되겠지. 그때는 아침이었어. 혹시 너희가 있을지도 몰라서 너희를 찾아 상류 쪽으로 올라갔어. 얼마 안 가 강을 건넌 흔적을 발견했어. 가파른 둑 아래 모래밭에 발자국이 수없이 나 있고 사흘쯤 된 흐라카도 있었어. 상류나 하류 쪽으로는 발자국이 없는 것으로 보아 강을 건넌 게 분명했지. 강을 건너고 보니 건너편 기슭에도 발자국이 있었어. 블루벨과 핌퍼넬도 강을 헤엄쳐 건너왔지. 강물이 불어나 있었어. 너희는 비 오기 전이었으니까 강 건너기가 더 쉬웠을 거야.

그런데 건너편 들판은 좀 꺼림칙했어. 총을 든 인간이 계속 돌아다니고 있었거든. 블루벨과 핌퍼넬을 데리고 도로를 건너자 곧 힘든 곳이 나타났어. 푹푹 꺼지는 검은 땅에 히스만 자라고 있었어. 거기서 무지하게 고생했지. 하지만 한 사흘쯤 된 흐라카를 발견하자 너희가 남긴 흐라카일 수도 있다고 생각했어. 토끼굴도 없고 다른 토끼들이 사는 낌새도 없었거든. 블루벨은 괜찮았지만 핌퍼넬은 열이 높았기 때문에 핌퍼넬까지 죽을까 봐 걱정스러웠어.

그때 행운이 찾아왔어. 아니, 그때는 행운인 줄 알았지. 그날 밤에 히스 덤불숲 언저리에서 흘레시 하나를 만난 거야. 나이는 많지만 다부져 보이는 토끼였는데, 코가 온통 생채기와 흉터투성이였지. 그 토끼가 멀지 않은 곳에 마을이 있다며 길을 알려 주었어. 우리는 숲을 지나 들판으로 나왔지만 너무나 지쳐서 마을을 찾아다닐 수도 없었어. 그냥 도랑으로 기어 들어갔는데, 차마 블루벨이나 핌퍼넬한테 자지 말고 보초를 서라고 할 수 없었지. 내가 깨어 있으려 했지만 나 역시 깜박 잠들고 말았고.”

헤이즐이 물었다.

“그게 언제쯤이었지?”

“그저께 새벽이었어. 일어나 보니 니-프리스가 되기 한참 전이었어. 사방은 쥐 죽은 듯이 고요하고 토끼 냄새밖에 나지 않았지만 이상한 느낌이 들었어. 블루벨을 깨우고 나서 핌퍼넬을 깨우려는데 토끼 떼가 우릴 에워싸고 있지 뭐야. 덩치가 무척 좋은 데다 아주 묘한 냄새를 풍기고 있었지. 마치, 음, 꼭⋯⋯.”

파이버가 말했다.

“어떤 냄새인지 알아.”

“그래, 그럴 거야. 놈들 중 하나가 말했어. ‘나는 카우슬립이다. 너희는 누구고 여기서 뭘 하고 있는 거냐?’ 녀석의 말투가

못마땅하긴 했지만, 녀석들이 우리를 해코지할 이유가 없다고 생각했어. 그래서 우리는 힘든 일을 겪으면서 먼 길을 왔고 같은 마을에 살던 헤이즐, 파이버, 빅윅이라는 토끼를 찾고 있다고 했지. 그 이름을 듣는 순간 놈은 자기네 일행을 돌아보며 소리쳤어. '그럴 줄 알았어! 이놈들을 갈가리 찢어 버려!' 그러자 다들 우르르 덤벼들었어. 한 놈이 내 귀를 물어뜯자 블루벨이 허겁지겁 그놈을 떼어 냈어. 우리 둘이서 놈들 패거리와 맞서 싸웠지. 워낙 갑자기 당한 일이라 처음에는 제대로 싸우지도 못했어. 그런데 웃기는 건 놈들이 덩치가 엄청나게 큰 데다 우리의 피를 보겠다고 큰소리치면서도 정작 싸움은 못하더라는 거야. 싸움을 할 줄 모르는 게 틀림없었어. 블루벨은 자기보다 갑절은 큰 토끼 두 마리를 쓰러뜨렸고, 나도 귀에서 피를 철철 흘리면서도 꿋꿋이 버텨 나갔어. 하지만 놈들의 수가 너무 많아서 도망칠 수밖에 없었지. 블루벨과 함께 도랑을 빠져나온 순간 핌퍼넬이 남아 있다는 사실이 생각났어. 아까 말했듯이 핌퍼넬은 아팠기 때문에 늦게야 깨어났어. 온갖 고생을 겪고 살아남았는데 결국 핌퍼넬은 거기서 그 토끼들한테 죽고 말았지. 너희들은 이 일을 어떻게 생각해?"

누가 뭐라고 말하기도 전에 스트로베리가 말했다.

"정말 부끄러운 일이지."

홀리는 이야기를 계속했다.

"우린 작은 개울을 따라 들판을 달렸어. 몇 놈이 쫓아오고 있었는데 문득, '좋아, 한 놈이라도 해치우자.'는 생각이 드는 거야. 어떻게든 목숨을 부지하겠다고, 핌퍼넬 뒤를 따를 순 없다면서 도망칠 궁리만 하자니 울화가 치밀더라구. 카우슬립이란 놈이 앞장서서 쫓아오는 걸 보고는 일부러 천천히 달려서 나를 따라잡게 한 다음 홱 돌아서서 덤벼들었지. 놈을 꽉 누르고는 찢으려 하자 놈이 '네 친구들이 어디로 갔는지 알아!' 하고 째지는 소리로 외치는 거야. 나는 뒷다리로 배를 꽉 누르며 '어서 말해 봐.' 했지. 놈은 숨을 헐떡이며 '언덕으로 갔어. 저기 보이는 높은 언덕들. 어제 아침에 떠났어.' 하고 말하더군. 나는 믿지 않는 척하며 죽일 듯이 굴었지. 그런데도 말을 바꾸지 않기에 놈을 세게 할퀴어 준 다음 놓아주고 우리는 떠났지. 맑은 날이라서 언덕이 또렷이 보였어.

그 뒤로 우린 죽을 만큼 힘들었어. 블루벨이 농담을 하고 수다를 떨지 않았다면 우린 틀림없이 달리기를 멈추었을 거야."

블루벨이 말했다.

"흐라카는 뒤에, 농담은 앞에. 먼저 농담을 굴려 놓고 그 뒤를 쫓아왔지. 그렇게 계속 온 거야."

홀리가 말했다.

"그 뒷얘기는 자세히 못하겠어. 귀가 지독하게 아픈 데다 자꾸만 핌퍼넬이 죽은 게 내 탓이라는 생각이 들었어. 내가 잠들지만 않았어도 핌퍼넬은 죽지 않았을 거야. 한번은 애써 잠이들었는데 무시무시한 악몽을 꿨어. 사실 그때는 제정신이 아니었어. 빅윅을 만나서 마을을 떠난 게 옳았다고 말해 주어야 한다는 생각밖에 없었지.

　이튿날 날이 어두워질 무렵 마침내 언덕 지대에 도착했어. 우리는 조심할 기력도 없었어. 올빼미가 나올 시간에 숨을 곳 하나 없는 들판을 지나왔지. 내가 무엇을 기대하고 있었는지도 모르겠어. 어떤 곳에 가거나 어떤 일을 하기만 하면 모든 일이 잘 풀릴 것만 같을 때가 있지. 하지만 막상 도착해 보면 문제는 간단하지가 않아. 나는 바보처럼 빅윅이 우릴 기다리고 있을 줄 알았나 봐. 하지만 이 언덕 지대는 지금까지 본 그 어떤 곳보다도 넓었어. 숲도 없고 숨을 데도 없고 토끼도 없었지. 밤은 점점 다가오고. 그러자 세상이 와르르 무너지는 것 같았어. 스케이비어스의 모습이 풀처럼 또렷하게 보이는 거야. 울음소리도 들리고. 스레아라, 토드플랙스, 핌퍼넬도 보였어. 나는 그들한테 말을 걸었어. 빅윅을 소리쳐 부르고는 있었지만, 빅윅이 없는 줄 알았기 때문에 내 소리를 들을 거라곤 기대도 하지 않았어. 엘릴이 나타나 나를 죽여 주기만을 바라며 산울타리에서 탁 트인 곳으로 기어 나갔지. 그런데 정신을 차리고 보니 빅윅이 있는 거야. 처음엔 내가 죽은 줄 알았지만 곧 혹시 허깨비를 본 건 아닌가 의심이 들었어. 그다음은 너희가 아는 대로야. 놀라게 해서 미안해. 하지만 난…… 그 지옥의 검은 토끼는 아니지만, 살아 있는 토끼 가운데 나만큼 지옥의 검은 토끼에게 가까이 간 토끼는 없을 거야."

잠시 침묵이 흐른 뒤 홀리가 덧붙였다.

"이렇게 친구들과 함께 굴속에 있다는 것이 블루벨과 나한테 어떤 의미인지 다들 상상이 갈 거야. 빅윅, 너를 체포하려 했던 건 내가 아니야. 그건 아주아주 오래 전에 살았던 다른 토끼야."

22 엘-어라이라의 재판 이야기

그는 악당의 얼굴을 하고 있지 않나? ……
성직자도 은총을 내리지 않을 교수대의 얼굴 아닌가?

콩그리브, 〈사랑으로 사랑을〉

록클리 씨 말에 따르면 토끼는 인간과 비슷한 점이 많다. 재난
에 굴하지 않고 공포와 상실감에서 벗어나 생명의 흐름에 몸
을 맡기는 굳건한 능력도 분명 그중 한 가지다. 토끼한테는 딱
히 냉혹하다거나 무정하다고만은 할 수 없는 특성이 있다. 그
것은 오히려 축복이라 할 만한 제한된 상상력과 '삶이란 현재'
라는 직감이다. 무엇보다도 생존을 위해 먹이를 찾아다니는 야
생 동물은 잡초처럼 강한 법이다. 한마디로 말해 토끼는 프리
스 님이 엘-어라이라에게 한 약속을 굳게 믿고 있다. 홀리는

착란 상태에서 기다시피 워터십 다운 기슭에 나타난 지 하루도 지나지 않았다. 하지만 벌써 몸이 거의 회복되고 있었으며, 워낙 낙천적인 블루벨은 그동안 겪은 끔찍한 일들을 금방 잊어버린 것 같았다. 헤이즐 일행도 홀리의 이야기를 듣는 동안 지독한 슬픔과 공포를 느꼈다. 스케이비어스가 죽는 대목에서 핍킨은 애처롭게 몸을 떨면서 울었고, 굴속에 퍼진 독가스로 토끼들이 죽어 가는 대목에서 에이콘과 스피드웰은 숨이 막히는 듯 버둥거렸다. 하지만 원시인이 그렇듯 토끼들은 강렬하고 생생하게 공감함으로써 오히려 슬픔과 공포에서 벗어날 수 있었다. 토끼들의 감정에는 거짓이나 꾸밈이 없다. 아무리 인정 많은 인간이라도 신문을 읽을 때는 감정을 누르고 초연한 자세를 유지하지만, 토끼들은 이야기를 들을 때 전혀 그렇지 않다. 토끼들은 정말로 독가스가 자욱한 굴길에서 몸부림치는 듯했고, 도랑에서 죽은 가엾은 핌퍼넬을 위해 분노를 불태웠다. 이것이 토끼들의 애도 방식이었다. 이야기가 끝나자, 거칠고 힘든 삶이지만 다시 살아야 한다는 의욕이 마음에서, 신경에서, 피와 식욕에서 다시 용솟음치기 시작했다. 죽은 자가 살아 돌아온다면 얼마나 좋을까! 그러나 남은 토끼는 풀을 뜯어야 하고, 펠릿을 씹어야 하고, 흐라카를 누어야 하고, 굴을 파야 하고, 잠도 자야 한다. 홀로 살아남아 요정 칼립소가 사는 섬에 이른 오디세우스가 칼립소 옆에서 곤히 자고, 깨어나서는 오로지 아내 페넬로페만 생각했던 것처럼.

홀리의 이야기가 끝나기도 전에 헤이즐은 홀리의 다친 귀를 냄새 맡기 시작했다. 그동안 제대로 살펴볼 겨를이 없었는데, 이제 자세히 보니 홀리가 쓰러진 것은 단순히 공포와 피로 때문이 아니었다. 홀리는 심한 상처를 입고 있었다. 벅손보다 더 심했다. 피를 많이 흘린 게 분명했다. 귀는 너덜너덜 찢긴 채 흙먼지가 잔뜩 끼여 있었다. 헤이즐은 댄더라이언한테 은근히 화가 났다. 몇몇 토끼들이 온화한 6월 밤과 보름달에 이끌려 실플레이를 하러 나가자 헤이즐은 블랙베리한테 남아 있어 달라고 했다. 다른 굴길로 나가려던 실버도 되돌아왔다.

헤이즐이 홀리에게 말했다.

"그래, 댄더라이언과 두 토끼 덕분에 기분이 좀 나아졌지? 하지만 상처를 닦아 주진 않았구나. 흙이 들어가면 위험한데."

홀리 옆에 있던 블루벨이 입을 열었다.

"하지만 너도 알다시피……."

헤이즐이 말했다.

"또 농담하는 거야? 내 생각엔……."

블루벨이 말했다.

"농담하려던 게 아니야. 내 말은 대장 귀를 깨끗이 닦아 주고 싶었지만 너무 아파서 건드릴 수가 없었다는 거야."

홀리가 말했다.

"블루벨 말이 맞아. 내가 귀를 못 만지게 했어. 하지만 헤이즐 너 좋을 대로 해. 이젠 한결 좋아진 것 같거든."

헤이즐은 직접 홀리의 귀를 핥았다. 검은 피딱지가 앉아 있어서 한참 진득하게 핥아야 했다. 잠시 뒤 너덜너덜 찢긴 상처가 조금씩 깨끗해지면서 피가 나왔다. 실버가 헤이즐과 교대했다. 홀리가 아픔을 참느라 그르렁거리고 발버둥 치자 실버는 홀리의 주의를 딴 데로 돌릴 수 없을까 궁리했다.

실버가 물었다.

"헤이즐, 그 들쥐 말야, 왜 그런 거야? 나중에 말해 준다고 했잖아. 지금 얘기 좀 해 봐."

헤이즐이 말했다.

"응, 그냥 우리 처지에 도움이 될 만한 것은 뭐든지 이용하자는 거야. 잘 모르는 낯선 땅에 왔으니 친구가 필요해. 엘릴이야 아무 도움도 안 되겠지만 엘릴이 아닌 동물도 많아. 새, 들쥐, 고슴도치 같은 거 말야. 우리하고는 별 상관이 없지만 우리의 적은 대개 이런 동물들의 적이기도 해. 이 동물들과 사이좋게 지내려면 뭐든지 다 해야 돼. 나중에 그만큼 대가가 있을지도 모르거든."

실버가 코에 묻은 홀리의 피를 닦으며 말했다.

"내가 보기엔 별로 좋은 생각 같지 않아. 그런 작은 동물들은 의지할 게 아니라 무시해야 돼. 걔네들이 우리한테 무슨 도움이 되겠어? 굴을 파 줄 것도 아니고, 먹이를 구해 줄 것도 아니고, 우리 대신 싸워 줄 것도 아니잖아. 우리가 도와주는 동안에는 분명 친구라고 하겠지. 하지만 거기까지야. 아까 그 들쥐가 '너 필요하면 나 올게.'라고 하더군. 먹을 것이나 따뜻한 곳이 있는 한 당연히 오겠지. 그렇다고 우리 마을에 들쥐나 사슴벌레 따위가 들끓는 건 아니겠지?"

"아니, 그렇지 않아. 들쥐를 찾아다니면서 같이 살자고 사정하자는 게 아니야. 어쨌거나 그건 들쥐들도 달가워하지 않을걸. 하지만 오늘 밤 그 들쥐는 말야, 우리가 목숨을 구해 주었잖아."

블랙베리가 말했다.

"네가 구해 주었지."

"아무튼 들쥐는 목숨을 건졌어. 그 사실을 잊지 않을 거야."

블루벨이 물었다.

"그게 우리한테 무슨 도움이 되지?"

"우선은 들쥐가 이곳에 대해 가르쳐 줄 수도……."

"그건 들쥐가 아는 거잖아. 토끼한테 필요한 건 아니야."

헤이즐이 말했다.

"그래, 들쥐는 도움이 될 수도 있고 그렇지 않을 수도 있어. 하지만 새는 친해질 수만 있다면 도움이 될 거야. 우리는 날지 못하지만 어떤 새들은 이 지역을 꽤 멀리까지 알고 있어. 날씨도 잘 알고. 내가 말하고 싶은 건 이거야. 적이 아닌 짐승이나 새가 곤경에 처해 있으면 기회라 생각하고 꼭 도와주자. 안 그러면 싱싱한 당근을 썩게 내버려 두는 거나 마찬가지야."

실버가 블랙베리한테 물었다.

"네 생각은 어때?"

"좋은 생각이긴 하지만 헤이즐이 생각하는 것처럼 우리한테 이익이 되는 경우는 별로 없을 것 같은데."

실버가 다시 귀를 핥자 홀리가 얼굴을 찡그리며 말했다.

"네 말이 맞아. 괜찮은 생각이긴 하지만 실제로는 별 도움이 안 될 거야."

실버가 말했다.

"해 보기는 할게. 누가 알아, 빅윅이 잠잘 때 두더지한테 이야기를 들려줄지? 그 모습만 볼 수 있어도 충분히 해 볼 만하지."

블루벨이 말했다.

"엘-어라이라도 그런 적이 있었는데 성공했어. 그 이야기 아니?"

헤이즐이 말했다.

"아니, 몰라. 이야기해 줘."

홀리가 말했다.

"실플레이부터 하자. 귀가 아파서 더는 못 참겠어."

헤이즐이 말했다.

"음, 이제 좀 깨끗해졌다. 이 귀는 다 나아도 예전 같지 않을 거야. 우툴두툴하겠는걸."

홀리가 말했다.

"상관없어. 그래도 나는 행운아야."

구름 한 점 없는 동쪽 하늘에 보름달이 떠올라 적막한 언덕을 달빛으로 감싸고 있었다. 인간은 어둠이 물러가야 밝은 낮이 찾아온다는 사실을 의식하지 못한다. 구름 없는 하늘에 해가 빛나는 것을 보고도 대지와 공기는 원래부터 대낮처럼 밝다고 생각한다. 토끼 하면 털가죽이 붙어 있는 토끼를 떠올리듯이 언덕을 생각하면 낮의 언덕이 떠오르는 것이다. 스터브스*라면 말을 보면서 그 뼈대까지 상상할지 모르지만 우리는 그렇지 않다. 말의 일부인 말가죽과 달리 빛은 언덕의 일부가 아니지만, 언덕을 상상하면 대개는 대낮의 언덕이 떠오른다. 이렇듯 우리는 햇빛을 당연하게 여긴다. 그러나 달빛은 다르다. 달빛은 변한다. 달은 기울었다가 다시 찬다. 햇빛은 구름에 완전히 가려지지 않아도 달빛은 완전히 가려질 수 있다. 물은 우리에게 반드시 필요하지만 폭포는 다르다. 폭포는 덤이자 아름다운 장식이다. 햇빛은 우리에게 필요하고 그만큼 유용한 반면 달빛은 그렇지 않다. 달빛은 꼭 필요하진 않다. 달빛은 사물을 달라 보이게 한다. 둔덕이나 풀밭을 비추어 풀잎 하나하나를 또렷이 드러내고, 서리 내린 갈색 낙엽 더미를 비추어 무수한 조각들로 반짝이게 한다. 또 달빛은 마치 물처럼 잔가지를 타고 흐르는 것처럼 보이기도 한다. 강렬한 하얀 빛살이 나무 사이로 쏟아지다가 서서히 희미해지면서 안개가 낀 듯,

*스터브스 : 영국의 탁월한 동물화가이자 해부도 제작자. —옮긴이

은가루를 뿌린 듯 너도밤나무 숲을 은은히 감싼다. 발목 깊이
의 2,400평 남짓한 거친 겨이삭 밭이 달빛을 받아 말갈기처럼
헝클어져 있는 모습은 마치 밤바다에서 파도가 일렁이는 광경
처럼 보인다. 풀이 워낙 빽빽이 자라 있어서 바람에도 흔들리
지 않지만, 그 정적은 마치 달빛 때문인 것처럼 느껴진다. 달빛
은 으레 있는 것으로 여겨지지 않는다. 달빛은 하얀 눈, 아니 7
월의 아침 이슬과도 같다. 달빛은 사물을 있는 그대로 드러내
주지 않고 변모시킨다. 그리고 그 은은함 때문에, 햇빛과 비교
도 안 되는 그 은은함 때문에 달빛이 언덕을 비추면 아주 잠깐
이지만 독특하고 경이로운 세계가 펼쳐지며, 그 세계는 금방
사라지기 때문에 그 순간을 놓치면 감상할 수가 없다.

　토끼들이 숲 속으로 난 굴에 다가갈 때, 나뭇가지 사이로 세
찬 바람이 지나가면서 나뭇잎들이 사이사이 빛을 가려 땅바닥
에 격자무늬와 어룽무늬가 졌다. 토끼들은 귀를 기울였지만,
나뭇잎 살랑이는 소리 너머로는 멀리 풀밭에서 씨르륵씨르륵
우는 여치 울음소리밖에 들리지 않았다.

　실버가 말했다.

　"달 좀 봐! 달이 떠 있는 동안 마음껏 즐기자."

　토끼들은 둔덕을 올라가다가 스피드웰과 호크빗을 만났다.

　호크빗이 말했다.

　"아, 헤이즐, 우린 또 다른 들쥐하고 얘기하다가 왔어. 오늘
저녁에 있었던 황조롱이 사건을 들었다며 아주 친절하게 대해

줬어. 숲 맞은편에 풀이 짧게 깎여 있는 곳이 있는데 말이랑 관계 있는 것 같댔어. '맛있는 풀 좋아? 맛있는 풀 많아.' 하기에 가 봤더니 굉장해."

서둘러 뛰어가 보니 폭이 40미터쯤 되는 풀밭이 나타났는데, 풀은 20센티미터도 안 되게 짧게 깎여 있었다. 헤이즐은 자기가 옳았다는 게 증명되자 흐뭇해하며 토끼풀을 뜯기 시작했다. 다들 한동안 말없이 풀을 뜯었다.

이윽고 홀리가 말했다.

"헤이즐, 넌 정말 똑똑해. 우리끼리도 이 풀밭을 찾아내기야 했겠지만, 너랑 그 들쥐가 아니었으면 이렇게 빨리 찾지는 못했을 거야."

헤이즐은 뿌듯한 마음에 턱에 있는 취샘*을 누를 수도 있었지만, 이렇게만 말했다.

"어쨌거나 이젠 언덕을 자주 내려가지 않아도 되겠다."

그러고는 이렇게 덧붙였다.

"그런데 홀리 너한테서 피 냄새가 나. 여기도 위험할지 몰라. 어서 숲으로 돌아가자. 오늘같이 멋진 밤에는 굴 근처에 앉아 펠릿을 씹으며 블루벨의 이야기를 듣자."

둔덕에 와 보니 스트로베리와 벅손이 있었다. 이렇게 해서

*취샘 : 냄새 나는 물질을 분비하는 기관으로, 이 분비물을 통해 영역 표시를 한다. —옮긴이

모두 귀를 늘어뜨리고 편안하게 펠릿을 씹는 가운데 블루벨이 이야기를 시작했다.

"어젯밤에 댄더라이언이 카우슬립네 마을 이야기를 하면서 왕의 양상추 이야기를 들려주었다고 했지. 그때 이 이야기가 생각났어. 헤이즐한테서 들쥐 이야기를 듣기 전부터 말야. 할아버지가 들려주시던 이야기인데 엘-어라이라가 켈파진 늪지에서 백성들을 데리고 나왔을 때 일이래. 엘-어라이라와 토끼족은 펜로라는 들판에 가서 굴을 파고 살았어. 하지만 무지개 왕자는 계속 엘-어라이라를 감시했어. 엘-어라이라가 다시는 책략을 쓰지 못하도록 할 작정이었지.

그러던 어느 날 저녁 엘-어라이라와 랍스커틀이 양지바른 둔덕에 앉아 있는데 무지개 왕자가 처음 보는 토끼를 데리고 들판을 건너왔어.

무지개 왕자가 말했어.

'안녕하신가, 엘-어라이라. 켈파진 늪지에 비하면 여긴 훌륭한 곳이군. 암토끼들은 모두 둔덕에 굴을 파느라고 바쁘군. 그대의 굴은 팠는가?'

엘-어라이라가 대답했어.

'그럼요, 이 굴이 랍스커틀과 제가 사는 곳입니다. 이 둔덕을 보는 순간 맘에 쏙 들었죠.'

'참 좋은 자리로군. 하지만 엘-어라이라여, 안됐지만 프리스 님께서 자네와 랍스커틀이 같은 굴에서 지내면 안 된다는

엄명을 내리셨다네.'

'랍스커틀과 함께 지내서는 안 되다뇨? 대체 왜요?'

'엘-어라이라여, 우리는 그대가 책략을 잘 쓰는 줄 알고 있네. 랍스커틀도 그대 못지않게 교활하지. 그런 토끼들이 한 굴에서 지낸다는 건 말도 안 되지. 자네들은 달이 두 번 바뀌기도 전에 하늘에서 구름까지 훔칠걸. 그러니 랍스커틀은 마을 반대편 끝에서 살도록 하게. 이 토끼를 소개하지. 허프사라고 하네. 친구로서 잘 보살펴 주게.'

엘-어라이라가 물었어.

'고향이 어디입니까? 분명히 처음 보는 토끼인데요.'

'다른 나라에서 왔지만 이곳 토끼와 다를 바 없네. 허프사가 여기서 살 수 있도록 도와주게. 허프사가 이곳에 익숙해지는 동안 그대가 허프사와 한 굴에서 지낼 줄 믿네.'

엘-어라이라와 랍스커틀은 떨어져 살라는 명령을 듣고 부아가 치밀었어. 하지만 엘-어라이라는 아무리 화가 나도 절대로 내색하지 않는다는 원칙이 있었지. 게다가 허프사가 불쌍하기도 했어. 동포들과 떨어져서 쑥스럽고 외로울 거라고 생각했지. 그래서 엘-어라이라는 허프사를 따뜻하게 맞아 주며 정착하도록 도와주겠다고 약속했어. 허프사는 더없이 사근사근하고 누구에게나 환심을 사려고 애쓰는 것 같았어. 한편 랍스커틀은 마을 반대쪽으로 옮겨 갔지.

그런데 얼마 뒤 엘-어라이라는 자기 계획이 번번이 실패한다는 사실을 깨달았어. 어느 봄날 밤에는 엘-어라이라가 부하들을 데리고 밀밭으로 새싹을 먹으러 나갔는데 달빛 속에서 인간이 총을 들고 돌아다니는 거야. 다행히 별 탈 없이 도망치기는 했지만. 또 한번은 양배추 밭으로 가는 길을 미리 조사해서 울타리 밑에 구멍을 파 두었는데 다음 날 아침에 가 보니 구멍이 철사로 막혀 있는 거야. 엘-어라이라는 자기 계획이 새어 나가 사람들에게 알려지는 게 아닌가 의심하기 시작했어.

어느 날 엘-어라이라는 이 일의 배후에 허프사가 있는지 알아내기 위해 일을 꾸미기로 결심했어. 허프사에게 어떤 길을 가르쳐 주면서 그리로 가면 순무가 잔뜩 있는 외딴 헛간이 나온다고 했지. 그러고는 다음 날 아침에 랍스커틀과 함께 그 헛간에 갈 거라고 했어. 하지만 애초에 그런 계획 따윈 있지도 않았고, 오솔길이나 헛간 얘기는 아무한테도 하지 않았어. 그런데 이튿날 그 길로 조심조심 가 보니 풀 속에 철사 덫이 놓여 있는 거야.

엘-어라이라는 화가 머리끝까지 났어. 자기 백성들이 그 덫에 걸려 죽을 수도 있었으니까. 물론 허프사가 직접 덫을 놓았거나 덫이 놓일 줄 알고 있다고는 생각하지 않았어. 하지만 허프사가 덫을 놓은 누군가와 연락을 취하고 있는 게 분명했어. 마침내 엘-어라이라는 무지개 왕자가 뒷일이야 어찌 됐든 허프사의 정보를 농부나 산지기한테 전해 주고 있다고 결론을 내렸어. 허프사 때문에 백성들의 목숨이 위험해진 거야. 양상추

나 양배추를 못 먹게 된 건 말할 것도 없고. 그 뒤로 엘-어라이라는 허프사한테 아무것도 말하지 않았어. 하지만 허프사가 엿듣는 것까지 막을 수는 없었지. 다들 알다시피 토끼는 다른 동물한테는 비밀을 지키지만 자기들끼리는 터놓고 지내잖아. 마을에서 함께 살다 보면 비밀이 있을 수가 없지. 엘-어라이라는 허프사를 죽일까도 생각했어. 하지만 허프사를 죽여 버리면 무지개 왕자가 와서 더 큰 골칫거리를 안겨 줄 게 뻔했지. 허프사를 계속 따돌리기도 불안했어. 허프사가 자기가 첩자라는 걸 들킨 줄 눈치 채면 무지개 왕자한테 알릴 테고, 그러면 무지개 왕자는 허프사를 데려가고 더 심한 짓을 생각해 낼지도 모르니까.

엘-어라이라는 이리저리 궁리했어. 다음 날 저녁에도 여전히 머리를 싸매고 있는데 무지개 왕자가 마을로 찾아왔어.

'엘-어라이라여, 요즘 몰라보게 달라졌구나. 자칫하면 다들 그대를 믿어 버리겠는걸. 그대가 허프사를 잘 돌봐 주어서 지나는 길에 고맙다고 인사하러 들렀네. 허프사는 덕분에 아주 편하게 지내는 것 같더군.'

'암요, 그렇고 말고요. 저흰 친하게 잘 지내고 있지요. 저희 굴에는 기쁨이 넘친다니까요. 하지만 저는 늘 백성들에게 말하곤 하지요. 왕자를 믿지도 말고, 그 누구도…….'

무지개 왕자가 엘-어라이라의 말을 가로막았어.

'아니 엘-어라이라여, 나는 정말 그대를 믿는다네. 그것을 증명하기 위해 언덕 너머 밭에 당근을 심을 것이네. 아주 기름진 땅이라서 당근도 잘 자랄 걸세. 더군다나 그 누구도 당근을 훔칠 생각을 하지 않을 테니 말이야. 그대가 원한다면 내가 당근 심는 것을 보러 와도 좋아.'

'그러지요. 기꺼이 가지요.'

엘-어라이라와 랍스커틀과 허프사와 몇몇 토끼들이 무지개 왕자를 따라 언덕 너머 밭으로 갔어. 토끼들은 왕자를 도와 긴 밭이랑에 씨앗을 뿌렸어. 부슬부슬한 흙이라서 당근이 자라기에 딱 좋았지. 엘-어라이라는 속이 부글부글 끓었어. 무지개 왕자는 자기가 엘-어라이라의 발톱을 뽑아 버렸음을 보여 주고 엘-어라이라를 놀리기 위해 이런 짓을 하는 게 분명했거든.

씨 뿌리기가 끝나자 무지개 왕자가 말했어.

'아주 훌륭한 당근이 자랄 거야. 물론 감히 내 당근을 훔쳐 가려고 하는 자는 아무도 없을 것이다. 그래도 만에 하나 누군가 훔쳐 간다면, 엘-어라이라여, 나는 몹시 화가 날 것이다. 내 당근을 훔친 자가 다진 왕이라면 프리스 님은 그 왕국을 빼앗아 다른 자에게 주실 것이다.'

엘-어라이라는 무지개 왕자의 속셈을 알고 있었어. 무지개 왕자는 엘-어라이라가 당근을 훔치면 붙잡아서 그를 죽이든가 추방시키고 토끼족을 다른 자에게 넘길 작정이었지. 엘-어라이라는 그자가 바로 허프사일 거라고 생각하면서 이를 갈았어. 하지만 겉으로는 아무렇지 않은 듯 '아무렴요, 아무렴요.'

하고 맞장구쳐 주었지. 그리고 무지개 왕자는 돌아갔어.

씨앗을 뿌리고 나서 두 번째 보름달이 뜬 날 밤 엘-어라이라와 랍스커틀은 당근을 보러 갔어. 아무도 솎아 주지 않아서 잎사귀가 푸르고 무성했지. 엘-어라이라는 지금쯤 당근이 앞발보다 조금 가늘 거라고 짐작했지. 달빛 속에서 당근을 바라보고 있는데 좋은 꾀가 떠올랐어. 엘-어라이라는 그동안 허프사를 아주 조심하고 있었어. 사실 허프사는 언제 어디서 나타날지 몰랐지. 그래서 엘-어라이라와 랍스커틀은 돌아오는 길에 외딴 둔덕에 있는 굴로 들어가서 몰래 이야기를 나누었어. 엘-어라이라는 랍스커틀하고 힘을 합쳐서 무지개 왕자의 당근을 훔치고 허프사를 몰아내자고 약속했지. 굴에서 나오자 랍스커틀은 옥수수를 훔치러 농장에 갔어. 엘-어라이라는 밤새도록 부지런히 민달팽이를 모았지. 정말 고약한 일이었지만.

다음 날 저녁 엘-어라이라는 일찌감치 마을을 나섰다가 얼마 뒤에 산울타리를 어슬렁거리는 요나를 만났지.

'요나야, 통통한 민달팽이 먹고 싶지 않니?'

요나가 대답했지.

'그야 먹고 싶지만 구하기가 쉽지 않아. 너도 고슴도치라면 알 거야.'

'여기 민달팽이가 있는데 다 먹어도 돼. 아무것도 묻지 않고 내가 시키는 대로 하기만 하면 더 많이 줄게. 너 노래할 줄 알아?'

'노래? 고슴도치는 노래를 못해.'

'좋았어, 아주 잘됐어! 민달팽이를 먹고 싶으면 노래를 해 봐. 아! 저기 도랑에 농부가 버린 낡은 빈 상자가 있네. 더 잘 됐다. 내 말 잘 들어.'

한편 숲 속에서는 랍스커틀이 꿩 하워크와 이야기하고 있었어.

'하워크, 너 헤엄칠 줄 아냐?'

'아니, 되도록 물가에는 얼씬도 안 해. 난 물을 아주 싫어하거든. 하지만 꼭 헤엄을 쳐야 한다면 잠깐 물에 떠 있을 수는 있지.'

'훌륭하군. 자, 내 말 잘 들어. 난 옥수수가 많아. 요즘 같은 철에는 얼마나 구하기 어려운지 잘 알고 있겠지. 숲가 연못에서 잠깐만 헤엄쳐 주면 모두 다 줄게. 연못으로 가면서 이야기하자.'

그렇게 랍스커틀과 하워크는 숲으로 갔어.

푸 인레에 엘-어라이라가 어슬렁어슬렁 굴로 돌아와 보니 허프사는 펠릿을 씹고 있었어.

'아, 허프사, 여기 있었군. 잘됐다. 다른 토끼는 믿을 수가 없으니 네가 좀 따라오지 않을래? 너하고 나만. 아무도 모르게.'

허프사가 물었어.

'아니, 무슨 일인데?'

'지금까지 무지개 왕자의 당근을 살펴보았는데 말야, 이젠 더 이상 못 참겠어. 그렇게 먹음직스런 당근은 처음 봐. 그래서 훔치기로 결심했어. 다는 아니라도 말야. 물론 이런 원정에 많은 토끼를 데리고 가면 금방 곤란해질 거야. 이야기가 새어나가서 무지개 왕자의 귀에 들어가고 말걸. 하지만 너랑 나랑 둘만 가면 아무도 모를 거야.'

허프사가 말했어.

'같이 갈게. 내일 밤에 가자.'

허프사는 그사이에 무지개 왕자한테 알릴 속셈이었지.

'안 돼, 지금 갈 거야. 당장.'

엘-어라이라는 허프사가 반대하지 않을까 걱정했지만 허프사의 얼굴을 보고는 안심했어. 허프사는 이번 일로 엘-어라이라를 끝장내고 자기가 토끼족의 왕이 되어야겠다고 생각하고 있었지.

달밤에 두 토끼는 당근 밭으로 출발했어.

산울타리를 따라 한참 가다 보니 도랑에 있는 낡은 빈 상자가 눈에 띄었어. 상자에는 요나가 앉아 있었지. 몸에 돋아난 가시에 들장미 꽃잎들을 더덕더덕 꽂은 채 까만 앞발을 흔들며 그르릉 깩깩 하고 괴상한 소리를 내면서 말야. 두 토끼는 걸음을 멈추고 요나를 바라보았어.

허프사가 깜짝 놀라서 물었지.

'요나, 대체 뭐 하는 거야?'

'달 보며 노래하고 있어. 고슴도치가 민달팽이를 꾀려면 달

을 보고 노래해야 되잖아. 너도 알고 있지?'

'오, 달의 민달팽이여, 달의 민달팽이여
이 충실한 고슴도치의 소원을 들어주소서!'

'정말 소름 끼치는군!'
엘−어라이라가 말했어. 아닌 게 아니라 정말 소름 끼치는 소리였지.
'저 소리를 듣고 엘릴들이 몰려오기 전에 어서 가자.'
둘은 가던 길을 계속 갔어. 그러다가 얼마 뒤에 숲가 연못 근처에 이르렀지. 연못에 다가가니까 꺽꺽 소리와 함께 첨벙 소리가 들리더니 하워크가 물속에서 푸덕거리고 있었어. 긴 꽁지깃을 물 위에 띄운 채 말야.
허프사가 물었어.
'하워크, 대체 어떻게 된 거야? 총이라도 맞았냐?'
'아니, 아니. 난 보름달이 뜨는 밤이면 늘 헤엄을 쳐. 이렇게 하면 꽁지깃이 길어지거든. 게다가 헤엄을 안 치면 내 머리의 빨간색, 하얀색, 녹색이 엷어져 버려. 허프사 너도 잘 알잖아. 누구나 다 아는 일인걸.'
엘−어라이라가 속삭였어.
'사실 하워크는 헤엄치는 모습을 다른 동물에게 보이기 싫어해. 어서 가자.'

조금 더 가니까 큰 떡갈나무 옆에 오래된 우물이 있었어. 농부가 오래 전에 메워 버린 우물이었지만 밤이라서 무척 깊고 시커멓게 보였지.

엘-어라이라가 말했어.

'잠깐 쉬었다 가자.'

그때 풀밭에서 괴상한 동물이 나타났어. 토끼와 비슷하게 생겼지만 달빛 속에서도 꼬리가 빨갛고 길쭉한 귀가 녹색이란 것을 알 수 있었지. 그 동물은 인간이 태우는 하얀 막대기를 물고 있었어. 바로 랍스커틀이었지. 하지만 허프사는 알아보지 못했어. 랍스커틀은 농가에서 양을 씻길 때 쓰는 가루약으로 꼬리를 빨갛게 물들였어. 귀에는 브리오니아 덩굴을 감고 있고 입에는 하얀 막대기를 물고 있어서 구역질이 날 것 같았지.

엘-어라이라가 말했어.

'프리스 님, 우릴 지켜 주소서! 대체 저게 뭐지? 천의 적 중에 하나가 아니기를!'

엘-어라이라는 금방이라도 도망칠 듯이 펄쩍 뛰었어. 그러고는 부들부들 떨며 물었지.

'넌 누구냐?'

랍스커틀은 하얀 막대기를 뱉고 위엄 있게 말했어.

'호오! 엘-어라이라, 그대에겐 내가 보이는가! 수많은 토끼들이 살다가 죽어 가지만 나를 본 토끼는 거의 없지. 아무도 없다고도 할 수 있고! 나는 프리스 님이 보낸 토끼 사자다. 낮에는 몰래 지상을 돌아다니고, 밤이면 프리스 님의 황금 궁전으로 돌아가지! 지금도 프리스 님이 기다리고 계시니 얼른 땅 한복판을 뚫고 지나 세상 반대편에 있는 프리스 님께 돌아가야 하네! 잘 있게, 엘-어라이라!'

괴상한 토끼는 시커먼 우물 속으로 훌쩍 뛰어들어 사라져 버렸어.

엘-어라이라가 경외감에 차서 말했어.

'보지 말아야 할 것을 보고 말았어! 정말 무시무시한 곳이군. 어서 가자!'

둘은 걸음을 재촉하여 곧 무지개 왕자의 당근 밭에 도착했어. 당근을 얼마나 훔쳤는지는 나도 몰라. 하지만 다들 알다시피 엘-어라이라는 위대한 왕이니까 우리가 모르는 신비한 힘을 썼을 거야. 우리 할아버지 말로는 아침이 되기도 전에 밭이 텅 비었대. 엘-어라이라와 허프사는 숲 근처 둔덕에 있는 깊은 굴속에 당근을 숨겨 놓고 마을로 돌아왔어. 엘-어라이라는 부하 두세 마리를 불러 온종일 굴에서 함께 지냈지. 허프사는 오후가 되자 어디 간다는 말도 없이 밖으로 나갔어.

그날 저녁 엘-어라이라와 토끼 일족이 저녁놀 물든 하늘 아래서 실플레이를 하려는데 무지개 왕자가 들판을 건너왔어. 그 뒤에는 커다란 검은 개 두 마리가 따라왔지.

왕자가 말했어.

'엘-어라이라, 너를 체포하노라!'

엘-어라이라가 물었어.

'뭣 때문입니까?'

'네가 더 잘 알고 있을 텐데. 더 이상 나를 속이거나 건방진 말을 하지 말라. 당근은 어디 있느냐?'

'저를 체포할 거라면 이유라도 가르쳐 주셔야 하지 않습니까? 다짜고짜 체포한다면서 당근이 어디 있느냐니 너무하십니다.'

'이보게 엘-어라이라, 시간 낭비 하지 말게. 당근이 있는 곳만 자백하면 죽이지 않고 북쪽으로 보내 주겠다.'

엘-어라이라가 다시 말했어.

'무지개 왕자님, 다시 한 번 묻겠는데 저를 체포하는 이유가 뭡니까?'

'좋다. 네가 그렇게 죽고 싶다면 소원대로 정식 재판을 하자. 그대는 내 당근을 훔친 죄로 체포되는 거다. 진정으로 재판을 받고 싶은가? 경고하건대 나한테는 증인이 있으니 그대에게는 불리할 것이다.'

그즈음 엘-어라이라의 백성들이 모여들었어. 개가 무서워 바짝 다가오지는 못했지만 말야. 랍스커틀만 보이지 않았어. 랍스커틀은 하루 종일 비밀 굴로 당근을 옮기고 나서 꼬리에 들인 빨간 물이 지워지지 않아 숨어 있었지.

엘-어라이라가 말했어.

'네, 재판을 받겠습니다. 하지만 동물 배심원을 불러 주십시

오. 무지개 왕자님이 저를 죄인으로 고발하고 판결까지 내리는 건 옳지 못하니까요.'

'동물들에게 배심을 맡기겠다. 엘릴들로 이루어진 배심원이다. 토끼 배심원은 증거가 있어도 유죄 판결을 내리지 않을 테니까.'

놀랍게도 엘-어라이라는 엘릴 배심원이라도 좋다고 흔쾌히 말했어. 무지개 왕자는 그날 밤에 배심원들을 데리고 오기로 했지. 엘-어라이라는 자기 굴에 갇혔어. 개 두 마리가 입구를 지켰지. 많은 토끼들이 엘-어라이라를 만나고 싶어 했지만 아무도 들어가지 못했어.

엘-어라이라가 목숨이 걸린 재판을 받게 되었고 무지개 왕자가 데려온 엘릴 배심원들 앞에 서게 되었다는 소식이 산울타리와 잡목림마다 퍼졌어. 동물들이 구름처럼 모여들었어. 푸인레에 무지개 왕자가 엘릴들을 데리고 나타났어. 오소리 두 마리, 여우 두 마리, 담비 두 마리, 올빼미 한 마리, 고양이 한 마리였지. 엘-어라이라는 끌려 나와 개 두 마리 사이에 섰어. 엘릴들은 눈을 번뜩이며 엘-어라이라를 노려보았어. 엘릴들은 입술을 핥고 있었어. 그러자 개들은 엘-어라이라가 유죄 판결을 받으면 자기들이 죽이기로 약속받았는데 다 틀렸다면서 투덜거렸지. 토끼뿐 아니라 수많은 동물이 모여들었는데 다들 이번에야말로 엘-어라이라도 끝장이라고 생각하고 있었지.

무지개 왕자가 말했어.

'자, 시작하지. 오래 걸리지 않을 거야. 허프사는 어디 있느냐?'

그러자 허프사가 머리를 조아리고 굽실거리며 나타났어. 그러고는 엘릴 배심원들에게 어젯밤 자기가 조용히 펠릿을 씹고 있는데 엘-어라이라가 와서 무지개 왕자의 당근을 훔치러 가자고 협박했다고 말했지. 자기는 따라가기 싫었지만 무서워서 어쩔 수 없었다고. 당근은 어느 굴에다 숨겨 두었는데 나중에 알려 줄 수도 있다고 했어. 허프사는 자기가 비록 협박을 당해 도둑질을 했지만 이튿날 곧바로 무지개 왕자한테 그 사실을 알렸다고 했어. 자기는 왕자의 충실한 하인이라면서 말야.

무지개 왕자가 말했어.

'당근은 나중에 찾기로 하지. 자, 엘-어라이라, 그대도 증인을 부른다거나 할 말이 있는가? 어서 말하라.'

'증인에게 몇 가지 묻고 싶습니다.'

엘-어라이라가 말하자 엘릴 배심원들도 그러라고 했어.

엘-어라이라가 말했어.

'허프사, 어젯밤에 나랑 당근 밭에 갔다고 했는데 어떻게 갔는지 얘기해 주지 않겠나? 나는 도무지 기억이 안 나서 말야. 우리가 밤에 굴에서 나왔다고 했지? 그러고 나서 어떻게 되었지?'

허프사가 말했어.

'세상에, 기억이 안 난다니 말도 안 돼. 도랑을 지나가다가

100

고슴도치가 상자에 앉아 달을 보며 노래하던 거 기억 안 나?'

오소리가 물었어.

'고슴도치가 어쨌다고?'

허프사는 간절하게 말했어.

'달을 보며 노래하고 있었어요. 고슴도치가 민달팽이를 꾈 때면 그러잖아요. 온몸에 들장미 꽃잎을 꽂고 앞발을 흔들면서……'

엘-어라이라가 다정하게 말했어.

'자, 진정해, 진정하라구. 나도 네가 마음에도 없는 말을 하는 건 바라지 않아.'

그리고 배심원들에게 말했지.

'가엾은 친구, 이 친구는 지금 진심이랍니다. 누구를 해코지 하려고 저러는 건 아니지만……'

허프사가 외쳤어.

'진짜란 말야! 정말로 고슴도치가 노래했어. 오, 달의 민달팽이여! 오, 달의 민달팽이여……'

엘-어라이라가 말했어.

'고슴도치가 무슨 노래를 했느냐는 증언하고 상관없어. 사실 다들 뭐라고 노래했을까 궁금하긴 하겠지만. 뭐, 좋아. 온몸에 들장미 꽃잎을 꽂은 고슴도치가 상자에 앉아 노래하는 걸 봤다 치자. 그다음에는?'

'조금 더 가니까 연못이 나왔는데 거기에 꿩이 있었어.'

여우가 말했어.

'꿩이라고? 나도 한번 봤으면. 녀석은 뭘 하고 있던가?'

허프사가 말했어.

'연못을 빙글빙글 돌며 헤엄치고 있었어요.'

여우가 다시 물었어.

'다친 건가?'

'아니, 아니에요. 꿩들은 원래 꽁지깃을 길게 만들려고 헤엄을 치잖아요. 그것도 모르세요?'

여우가 되물었어.

'뭘 어쩐다고?'

허프사는 부루퉁하게 대답했어.

'꽁지깃을 길게 만든다고요. 꿩이 그랬어요.'

엘-어라이라가 엘릴 배심원들에게 말했어.

'이 정도는 아무것도 아닙니다. 익숙해지려면 시간이 좀 걸리지요. 나를 보세요. 나는 지난 두 달 동안 밤이나 낮이나 이런 헛소리를 들으며 살았어요. 그래도 다 이해하면서 잘해 주었는데 돌아온 것은 해코지뿐이군요.'

주위가 물을 끼얹은 듯 조용해졌어. 엘-어라이라는 아버지나 되는 듯이 참을성 있게 증인을 돌아보며 말했어.

'난 기억력이 형편없어. 그러니 계속해 봐.'

'좋아. 넌 시치미를 뚝 떼고 있지만 그다음에 있었던 일까지 모른다고 하진 못할걸. 빨간 꼬리에 초록색 귀를 가진 무시무시한 거인 토끼가 풀밭에 나타났잖아. 그 토끼는 흰 막대기를 물고 있다가 깊은 구멍 속으로 뛰어들었어. 땅속을 뚫고 지나가 세상 반대편에 있는 프리스 님을 만날 거라면서.'

이번에는 엘릴 배심원들도 말이 없었어. 한참 동안 허프사를 바라보며 고개를 절레절레 저었지.

담비가 소곤댔어.

'저놈들은 다 미쳤어. 빌어먹을 꼬마 녀석들. 궁지에 몰리면 무슨 말이라도 지껄여 대지. 그래도 이렇게 심한 거짓말은 처음이야. 대체 언제까지 여기 있어야 되지? 난 배고프다구.'

엘릴들이 토끼라면 무조건 미워하고, 그중에서도 바보 같은 토끼를 끔찍이 싫어한다는 걸 엘-어라이라는 예전부터 알고 있었어. 그래서 엘릴에게 판결을 맡기는 데 동의한 거야. 토끼들이 배심원을 맡았다면 허프사가 왜 그런 소리를 하는지 꼬치꼬치 캐물었을지도 몰라. 하지만 엘릴들은 그러지 않았지. 그들은 증인 토끼를 싫어하고 경멸하는 데다 한시라도 빨리 사냥하러 가고 싶었거든.

엘-어라이라가 말했어.

'그럼 이렇게 되는군. 우리는 들장미 꽃잎을 꽂고 노래하는 고슴도치를 보았다. 그다음엔 멀쩡한 꿩이 연못에서 헤엄치는 것을 보았다. 그다음에는 꼬리가 빨갛고 귀가 초록색이며 흰 막대기를 문 토끼를 보았다. 그리고 그 토끼는 깊은 구멍 속으로 뛰어들었다. 맞지?'

허프사가 대답했어.

'그래.'

'그러고 나서 우리가 당근을 훔쳤다고?'

'그래.'

'보라색에 녹색 얼룩이 있었나?'

'뭐가 보라색에 녹색 얼룩이 있다는 거야?'

'당근 말야.'

'맙소사, 그렇지 않다는 건 너도 알잖아. 그건 보통 당근이었어. 굴에 숨겨 놓았잖아!'

허프사는 발악하듯 외쳤어.

'굴속에 있어! 당장 가서 보자구!'

재판을 잠시 쉬는 동안 허프사는 무지개 왕자를 굴로 데려갔어. 하지만 당근을 찾지 못하고 돌아왔지.

엘-어라이라가 말했어.

'내가 하루 종일 굴에 있었다는 건 증명할 수 있습니다. 잠을 자려고 했지만 좀처럼 잠이 오지 않았어요. 이 유식한 친구가…… 아니, 됐어요. 그러니까 내 말은 내가 밖에 나가서 당근이든 뭐든 옮겼을 리가 없다는 겁니다. 만에 하나 당근이 있었다 해도 말입니다.'

그러고는 이렇게 덧붙였어.

'더 이상 할 얘기가 없습니다.'

고양이가 말했어.

'무지개 왕자여, 나는 토끼들이 싫습니다. 하지만 저 토끼가 당신의 당근을 훔쳤다고는 할 수 없을 것 같군요. 증인은 정신이 나간 게 분명합니다. 안개나 눈만큼이나 종잡을 수 없군요. 그러니 죄수는 석방해야 합니다.'

배심원 전부가 찬성했지.

무지개 왕자가 엘−어라이라한테 말했어.

'당장 사라져라. 내가 손을 쓰기 전에 어서 네 굴로 돌아가.'

엘−어라이라가 말했어.

'알겠습니다, 왕자님. 하지만 당신이 데려오신 그 토끼도 부디 데려가 주십시오. 너무 멍청한 놈이라 저희도 괴롭답니다.'

그리하여 허프사는 무지개 왕자와 함께 떠나고, 엘−어라이라의 백성들은 다시 평화롭게 살아갔지. 당근을 너무 먹어서 소화불량에 걸리기도 했지만 말야. 할아버지는 랍스커틀의 꼬리가 하얀색으로 돌아오는 데는 꽤 오랜 시간이 걸렸다고 말씀하시곤 했지."

23 키하르

날개는 패배의 깃발처럼 땅에 끌리고
다시는 하늘을 날지 못한 채
남은 날을 기아와 고통 속에 살아간다.
그는 강하지만 강자일수록 고통은 더욱 고통스럽고
무력함은 더욱 무력하게 느껴진다.
그의 고개와 두려움을 모르는 자세와
무시무시한 눈동자를 굴복시킬 것은 구원자인 죽음뿐이다.

로빈슨 제퍼스, 〈다친 매〉

인간에게는 "비가 왔다 하면 억수같이 퍼붓는다."는 옛말이 있
다. 하지만 이 말은 그리 적절한 말이 아니다. 비가 억수같이
내리지 않을 때도 많기 때문이다. 오히려 "혼자 있는 구름은
외로움을 탄다."는 토끼 속담이 더 정확하다. 실제로 구름이
한 점 나타나면 얼마 안 있어 온 하늘이 구름으로 뒤덮이곤 한

106

다. 그건 그렇다 치고, 바로 그 이튿날 헤이즐의 생각을 실천에 옮길 두 번째 기회가 극적으로 찾아왔다.

그날 새벽 토끼들은 잿빛 정적 속에서 실플레이를 하고 있었다. 공기는 아직 쌀쌀했다. 이슬이 촉촉이 젖어 있고 바람은 잔잔했다. 머리 위에서는 기러기 대여섯 마리가 브이 자 대열을 이루며 머나먼 목적지를 향해 빠르게 날아가고 있었다. 기러기들이 남쪽으로 멀어져 가면서 또렷이 들리던 날갯짓 소리도 희미해졌다. 다시 침묵이 내려앉았다. 새벽 어스름이 걷히자, 지붕 위에서 눈이 미끄러져 내리기 직전 같은 팽팽한 긴장감이 흘렀다. 그리고 다음 순간 온 언덕과 그 아래의 모든 것, 대지와 공기에 일출이 찾아들었다. 인간이 우리에 기대 서서 별생각 없이 황소 뿔을 잡아 보려 하면 황소가 살며시, 그러나 단호히 고개를 흔들어 뿔을 빼내듯이 태양은 그렇게 유연하면서도 강력한 위력을 떨치며 세상에 나타났다. 어떤 것도 태양을 막거나 가릴 수 없었다. 소리 없이 나뭇잎이 빛나고 산허리를 둘러싼 풀들이 반짝거렸다.

숲 바깥에서는 빅윅과 실버가 귀 털을 빗고 공기 냄새를 맡고는 길게 드리워진 제 그림자를 따라 풀밭으로 깡충깡충 뛰어갔다. 짧게 깎인 풀밭에서 풀을 뜯고 곧추앉아 주위를 둘러보며 돌아다니다가 폭이 1미터쯤 되는 작은 구덩이로 다가갔다. 앞장서 가던 빅윅이 구덩이 언저리에서 멈추고는 웅크린 채 구덩이를 뚫어지게 바라보았다. 구덩이 안은 보이지 않았지만 그 속에 상당히 큰 생물이 있었다. 앞을 가리고 있는 풀잎들 사이로 들여다보니 구부린 하얀 등이 보였다. 어떤 생물인지 모르지만 덩치는 빅윅만 했다. 빅윅이 잠시 꼼짝 않고 기다렸지만 그것은 움직이지 않았다.

빅윅이 속삭였다.

"등이 하얀 동물이 뭐지?"

실버는 곰곰이 생각했다.

"고양이인가?"

"고양이는 아냐."

"어떻게 알아?"

그때 구덩이 안에서 나직하게 식식거리는 소리가 들렸다. 그 소리는 잠시 계속되었다. 그러더니 다시 조용해졌다.

빅윅과 실버는 자부심을 가지고 있었다. 홀리를 빼면 샌들포드 마을 아우슬라 가운데 살아남은 토끼는 자기들뿐이었고 둘 다 친구들에게 존경받고 있다는 것을 알고 있었다. 헛간에서 쥐들과 싸운 일은 무척 힘들었지만 그들의 가치를 증명해 주었다. 마음이 넓고 정직한 빅윅은 자신이 미신적인 공포에 사로잡혔던 밤에 헤이즐이 보여 준 용기를 한순간도 고깝게 여긴 적이 없었다. 하지만 이대로 벌집으로 돌아가 풀밭에서 정체불명의 생물을 발견했는데 그냥 내버려 두고 왔다고 보고하는 것은 자존심이 허락하지 않았다. 빅윅은 실버를 돌아보았다. 실버는 의욕에 넘쳐 있었다. 빅윅은 그 낯선 하얀 등을 다시 한 번 살펴보고 나서 곧장 구덩이로 다가갔다. 실버도 뒤따랐다.

그것은 고양이가 아니었다. 구덩이에 있는 생물은 길이가 30
센티미터쯤 되는 큰 새였다. 둘 다 그런 새는 처음 보았다. 풀
사이로 언뜻 보이던 하얀 등은 알고 보니 목과 어깨였다. 등 아
랫부분은 옅은 잿빛이고, 똑같이 잿빛을 띤 날개는 갈수록 좁
다래지면서 끝이 까맣고 길쭉한 칼깃이 꽁지깃 위까지 덮여 있
었다. 머리는 검정에 가까운 짙은 밤색이라 하얀 목과 뚜렷이
대조되어 마치 두건을 쓴 것처럼 보였다. 검붉은색을 띤 다리
끝에는 물갈퀴와 억센 발톱이 있는 발가락 세 개가 달려 있었
다. 끝이 살짝 구부러진 부리는 튼튼하고 날카로웠다. 한참 바
라보고 있는데 부리가 벌어지면서 붉은 입속과 목구멍이 보였
다. 새는 사납게 씩씩거리며 공격하려 들었지만 몸을 움직이
지 못했다.

빅윅이 말했다.

"다쳤어."

"그런 것 같아. 하지만 어디를 다쳤는지 안 보여. 저쪽으로
돌아가서……."

"조심해! 널 노리고 있어!"

실버는 구덩이를 돌아가려고 새의 머리 쪽으로 조금 다가가
있었다. 하지만 잽싸게 뒤로 물러나 획 쪼는 부리를 아슬아슬
하게 피했다.

빅윅이 말했다.

"하마터면 발 부러질 뻔했다."

둘은 새가 일어서지 못한다는 사실을 직감적으로 알아차리고는 웅크리고 앉아 새를 살펴보았다. 별안간 새가 거친 소리로 요란하게 "캬욱, 캬욱, 캬욱!" 하고 울어 댔다. 가까이서 들으면 귀청이 떨어질 것 같은 그 소리는 아침 공기를 찢으며 언덕을 가로질러 멀리까지 퍼졌다. 빅윅과 실버는 그대로 줄행랑을 쳤다.

두 토끼는 숲에 도착하기 전에 잠시 멈추어 서서 정신을 가다듬고 아까보다는 의젓하게 둔덕으로 다가갔다. 헤이즐이 풀밭으로 나와 둘을 맞았다. 두 토끼는 눈이 휘둥그레져 코를 벌름거리고 있었다.

헤이즐이 물었다.

"엘릴이야?"

빅윅이 대답했다.

"글쎄, 솔직히 잘 모르겠어. 저쪽에 처음 보는 커다란 새가 있어."

"얼마나 커? 꿩만 해?"

"그 정도는 아니지만 산비둘기보다 크고 몹시 사나워."

"좀 전에 그 새가 운 거야?"

"응. 나도 깜짝 놀랐어. 바로 코앞에 있었거든. 그런데 어떻게 된 건지 움직이질 못해."

"죽어 가는 거야?"

"그런 것 같지는 않아."

"내가 직접 가서 볼게."

"사나운 놈이야. 제발 조심해."

빅윅과 실버는 헤이즐을 데리고 갔다. 세 토끼가 새의 부리
가 닿지 않을 만큼 떨어져 앉자 새는 한 마리씩 차례로 노려보
았다.

헤이즐이 산울타리 공통어로 말을 걸었다.

"너 다쳤어? 못 날아?"

귀에 거슬리는 꽥꽥 소리를 듣자 토끼들은 대번에 먼 나라
말임을 알아차렸다. 어디인지는 모르지만 먼 곳에서 온 게 분
명했다. 말씨가 낯설고 거친 목구멍소리를 내는 데다가 말법
에도 어긋났다. 가끔 가다 겨우 한마디씩 알아들을 수 있었다.

"죽이러…… 캬! 캬! ……너희 죽이러…… 캬아악! ……나
끝장났다 생각…… 나 안 끝나…… 너희 많이 다쳐……."

새는 짙은 밤색 머리를 홱홱 도리질쳤다. 그러더니 느닷없이
부리를 땅에 처박았다. 토끼들은 그제야 새 앞의 풀밭에 죽죽
줄이 가 있고 파헤쳐져 있는 것을 보았다. 새는 잠시 여기저기
쿡쿡 쪼아 보더니 포기하고 고개를 들어 다시 토끼들을 쳐다보
았다.

"배고픈가 봐. 먹을 것을 줘야겠다. 빅윅, 지렁이 같은 것 좀
잡아오지 않을래?"

"아니, 뭐라구?"

"지렁이 말야."

"나더러 땅을 파서 지렁이를 잡아오라고?"

"아우슬라에서 배우지 않았어? 아, 됐어. 내가 갔다 올게. 너랑 실버는 여기서 기다려."

하지만 빅윅은 곧 뒤따라와 헤이즐과 함께 도랑에서 마른 흙을 파헤쳤다. 원래 언덕 지대에는 지렁이가 많지 않은 데다 며칠째 비도 내리지 않은 상태였다.

조금 있다가 빅윅이 고개를 들었다.

"딱정벌레는 어때? 쥐며느리는? 그런 건 안 될까?"

둘은 썩은 나무토막을 몇 개 찾아서 가져왔다. 헤이즐이 그중 하나를 새 앞으로 조심스럽게 밀어 주면서 말했다.

"벌레야."

새는 순식간에 나무를 세 조각으로 동강 내어 벌레 몇 마리를 쪼아 먹었다. 토끼들이 먹이가 될 만한 것을 이것저것 날라 오자, 얼마 안 있어 구덩이에 쓰레기가 수북이 쌓였다. 빅윅은 혐오감을 꾹 누르고 길에 떨어진 말똥 속에서 벌레를 파내어 한 마리씩 날랐다. 헤이즐이 칭찬하자 빅윅은 "이런 짓을 한 토끼는 아무도 없을 거야. 지빠귀들한테는 말하지 마." 하고 투덜거렸다. 토끼들이 완전히 녹초가 되고 나서도 한참 뒤에야 새는 먹는 것을 멈추고 헤이즐을 바라보았다.

"다 먹었다."

새는 잠시 멈추었다가 다시 말했다.

“왜 줬어?”

헤이즐이 물었다.

“너 다쳤어?”

새는 교활한 표정으로 말했다.

“안 다쳐. 싸움 잘해. 조금 있다가 간다.”

헤이즐이 말했다.

“여기 있다간 죽어. 좋지 않은 곳이야. 홈바 오고, 황조롱이와.”

“그깟 놈들. 나 싸움 잘해.”

“그렇겠지.”

빅윅은 새의 굵직한 목과 5센티미터나 되는 부리를 보고 감탄하면서 말했다.

헤이즐이 말했다.

“너 죽는 거 싫다. 여기 있으면 죽어. 우리가 도와준다.”

“꺼져!”

그 말이 떨어지기가 무섭게 헤이즐이 친구들에게 말했다.

“가자, 내버려 두자구. 잠시 혼자서 황조롱이를 막아 보라고 해.”

그러고는 천천히 숲으로 돌아갔다.

실버가 말했다.

“무슨 생각을 하는 거야? 저 새는 난폭해. 저래서는 친구가 될 수 없다구.”

"그럴지도 모르지. 하지만 울새나 파란 뱁새가 우리한테 무슨 도움이 되겠어? 그런 새들은 멀리까지 날지 못해. 우리는 큰 새가 필요해."

"왜 굳이 새가 필요한 거야?"

"이따가 말해 줄게. 블랙베리랑 파이버도 같이 들어 주었으면 좋겠어. 지금은 굴로 돌아가자. 너는 어떨지 모르지만 난 펠릿을 씹고 싶어."

오후에 헤이즐은 굴파기를 지휘했다. 토끼들은 조직적으로 꼼꼼히 일하지 않을뿐더러 끝마무리란 게 뭔지도 잘 모르지만, 벌집은 거의 완성되었고 주변의 속굴과 굴길도 모양새를 갖추어 가고 있었다. 저녁이 되자마자 헤이즐은 다시 구덩이에 가 보았다. 새는 아직도 있었다. 아까보다 기운이 없고 경계심도 줄어들었지만, 헤이즐이 다가가자 힘없이 부리를 딱딱거렸다.

헤이즐이 물었다.

"아직 있어? 매하고 싸웠어?"

새가 대답했다.

"안 싸웠다. 싸움 없다. 하지만 조심, 조심, 항상 조심. 소용없다."

"배고파?"

새는 대답하지 않았다.

헤이즐이 말했다.

"잘 들어, 토끼 새 안 먹어. 토끼 풀 먹어. 우리가 도와준다."

"왜 도와?"

"우리 맘. 널 지켜 준다. 큰 굴. 먹을 것도."

새는 잠시 생각하는 눈치였다.

"다리 괜찮다. 날개 못 쓴다. 다쳤다."

"좋아, 그럼 걸어."

"너 나 건드린다. 너 가만 안 둔다."

헤이즐이 돌아서자 새가 다시 말했다.

"거기 멀어?"

"아니, 안 멀어."

"그럼 가."

새는 튼튼한 검붉은색 다리로 비틀비틀 힘겹게 일어서더니 날개를 활짝 폈다. 헤이즐은 활 모양의 거대한 날개를 보고 깜짝 놀라 펄쩍 물러났다. 새는 이내 고통스러운 듯 얼굴을 찡그리며 날개를 접었다.

"날개 안 돼. 나 간다."

새는 순순히 헤이즐을 따라왔지만 헤이즐은 새가 덤벼들어도 피할 수 있을 만큼 떨어져서 갔다. 숲에 도착하자 한바탕 소동이 일었다. 헤이즐은 평소에 보이지 않던 엄격한 태도로 분위기를 진정시켰다.

헤이즐이 댄더라이언과 벅손에게 말했다.

"자, 서둘러! 이 새는 다쳤기 때문에 나을 때까지 우리가 보살펴 주기로 했어. 빅윅한테 이 새의 먹이를 어떻게 구하는지 가르쳐 달라고 해. 이 새는 벌레나 곤충을 먹어. 메뚜기, 거미, 뭐든지 잡아와. 호크빗! 에이콘! 그래, 파이버 너도. 멍하니 있지 말고 정신 차려. 널찍한 구덩이가 필요해. 별로 깊지 않은 큰 구덩이 말야. 입구보다 조금 낮은 곳에 평평한 바닥을 만들어 줘. 밤이 되기 전에 파야 해."

"우린 오후 내내 굴을 팠는데……."

"알아! 나도 거들게, 조금만 기다려. 어서 시작하기나 해. 곧 밤이 된다구."

놀란 토끼들은 투덜거리며 명령에 따랐다. 헤이즐의 권위는 잠시 시험대에 올랐지만 빅윅 덕분에 흔들리지 않았다. 빅윅은 헤이즐이 무슨 생각을 하는지 몰랐지만 새의 강인함과 용기에 반해서 이유 같은 건 따지지도 않고 이미 새를 받아들였다. 빅윅이 굴파기를 지휘하는 동안 헤이즐은 새에게 자기들이 어떻게 생활하고 적을 피하는지, 그리고 새에게는 어떤 보금자리를 줄 것인지 되도록 쉽게 설명해 주었다. 토끼들이 모아 온 먹이는 얼마 되지 않았다. 하지만 숲 속으로 들어오자 새는 눈에 띄게 안도했고, 비틀비틀 걸어다니며 직접 먹이를 찾기도 했다.

올빼미가 나올 무렵 빅윅과 토끼들은 숲 속에 있는 굴길 입구 바로 안쪽에 넓은 방 같은 것을 만들었다. 바닥에는 너도밤나무 가지와 잎을 깔았다. 어둠이 내리자 새는 그곳에 자리를 잡았다. 새는 여전히 의심을 풀지 않았지만, 날개가 몹시 아픈

116

모양이었다. 분명히 혼자서는 어찌해 볼 도리가 없기 때문에 살아남기 위해 토끼가 판 굴에라도 의지하려는 것 같았다. 밖에서 보면 어두컴컴한 구덩이 속에 까만 눈이 바짝 경계하면서 주위를 살피고 있었다. 토끼들이 저녁 실플레이를 마치고 굴에 들어갈 때까지도 새는 자지 않았다.

검은머리갈매기는 무리 지어 생활한다. 이들은 한 지역에 모여서 온종일 먹이를 찾고 재잘대고 싸우며 살아간다. 따라서 고독이나 침묵은 낯설다. 검은머리갈매기는 번식기가 되면 남쪽으로 이동하는데 도중에 부상을 당하면 버림받기 십상이다. 이 검은머리갈매기가 난폭하고 의심이 많은 것은 아픈 탓도 있지만 무리를 잃은 데다 날지도 못해 불안하기 때문이었다. 이튿날 아침이 되자 갈매기는 무리에 섞여서 떠들고 싶은 본능이 되살아났다. 그러자 빅윅이 말벗이 되어 주었다. 빅윅은 갈매기가 먹이를 찾으러 나가지도 못하게 했다. 토끼들은 니-프리스가 되기 전에 새의 먹이를 모아다 놓고 한창 더운 낮에 잠을 잤다. 하지만 빅윅은 줄곧 갈매기 곁에 붙어서 존경과 기대를 숨기지 않으며 몇 시간씩 이야기하고 새의 말에 귀를 기울였다. 저녁 실플레이 때 빅윅은 어제 블루벨이 엘-어라이라 이야기를 들려주던 둔덕 근처에서 헤이즐과 홀리를 만났다.

헤이즐이 물었다.

"새는 어때?"

빅윅이 대답했다.

"한결 나아진 것 같아. 워낙 튼튼하잖아. 아, 정말 별일을 다 겪었더라구! 얼마나 재미있는지 몰라! 그런 얘기라면 하루 종일 듣고 앉아 있을 수도 있겠더라."

"어쩌다가 다쳤대?"

"농장에서 고양이가 덮쳤다나 봐. 당하기 직전까지도 소리를 못 들었대. 그 바람에 한쪽 날개를 찢겼지만 고양이를 혼내 주고 도망쳐 왔대. 그러고는 어찌어찌해서 여기까지 올라와 그대로 쓰러진 거야. 생각해 봐, 고양이한테 맞서다니! 그러고 보니 나도 고양이한테는 맞서 본 적이 없더라구. 토끼라고 고양이한테 맞서지 말라는 법 있나? 생각해 봐……."

홀리가 말을 잘랐다.

"근데 무슨 새야?"

"글쎄, 정확히는 모르겠어. 제대로 알아들었는지는 모르지만 내가 이해하기로는 같은 종족끼리 몇천 마리씩 무리 지어 살아왔대. 상상도 할 수 없을 만큼 많은 거지. 그 무리는 하늘을 온통 새하얗게 뒤덮고, 번식기에는 숲 속의 나뭇잎만큼이나 많은 둥지를 친대."

"거기가 어딘데? 그런 곳은 한 번도 못 봤는걸."

빅윅은 홀리의 얼굴을 똑바로 쳐다보며 말했다.

"그 친구가 그러는데 여기서 한참 가다 보면 땅이 끝나서 더 이상 없대."

"음, 어디선가 끝나긴 하겠지. 그 너머에는 뭐가 있다던?"

"물."

"강이란 말이야?"

"아니, 강이 아니야. 가도 가도 물만 보인다고 했어. 저편 기슭은 보이지도 않아. 저편이 있긴 하지만 말야. 그 친구가 가봤다니까. 아, 나도 모르겠어. 솔직히 말해서 나도 완전히 이해는 안 가."

"그 새가 세상 밖으로 나갔다가 돌아왔다는 거야? 틀림없이 거짓말이야."

"모르겠어. 하지만 분명히 거짓말은 아니야. 그 물은 늘 움직이면서 육지에 와서 부딪치나 봐. 그래서 그 물소리를 듣지 못하면 그립대. 그 친구 이름이 키하르인데, 키하르는 바로 그 물소리래."

토끼들은 자기도 모르는 사이에 깊은 감명을 받았다.

헤이즐이 물었다.

"그런데 왜 이곳에 온 거지?"

"원래는 여기 있으면 안 돼. 진작 그 큰 물에 가서 번식을 해야 했지. 겨울이 되면 날씨가 사나워지고 춥기 때문에 그 친구들은 무리를 지어 그곳을 떠난대. 여름이 되면 다시 돌아가고. 그런데 그 친구는 올봄에도 한 번 다쳤대. 크게 다친 건 아니지만 그 때문에 발이 묶인 거지. 그래서 잠시 떼까마귀 떼 옆에 머무르며 쉬었대. 몸이 괜찮아지자 그들을 떠나 여행하면서 농장에 잠깐 들렀다가 그 못된 고양이를 만난 거지."

헤이즐이 물었다.

"그럼 다 나으면 다시 떠나겠네?"

"그렇겠지."

"그럼 우린 헛수고하는 거잖아."

"아니 헤이즐, 무슨 생각 하고 있는 거야?"

"블랙베리랑 파이버 좀 데려와. 실버도 있는 게 좋겠다. 모두 모이면 설명할게."

해가 서산마루에 걸리고 풀 그림자가 두 배나 길어졌다. 선선한 공기 속에서 백리향과 들장미 향기가 풍기는 저녁나절의 평화로운 실플레이는 고향 샌들포드 목초지에서 보낸 저녁 한때보다 더 즐거웠다. 토끼들은 모르겠지만 이 언덕은 지난 몇백 년 동안 이보다 더 한적한 적이 없었다. 양 떼도 없고, 킹스클레어와 시드몬턴 마을 사람들이 볼일을 보거나 산책 삼아 언덕을 넘는 일도 없어졌다. 샌들포드 목초지에 살 때는 거의 날마다 인간들을 보았다. 하지만 이곳에서는 딱 한 번, 말을 탄 인간을 보았을 뿐이다. 헤이즐은 풀밭에 모인 친구들을 둘러보며 모두, 심지어 홀리까지도 처음 왔을 때보다 더 튼튼해지고 털에 윤기가 흐르고 건강해진 것을 깨달았다. 앞으로 어떻게 될지는 모르지만 지금까지는 친구들의 기대를 저버리지 않은 것 같았다.

헤이즐이 입을 열었다.

"우리는 지금 잘 지내고 있어. 적어도 내가 보기엔 그래. 우린 이제 흘레시 무리가 아니야. 그렇지만 여전히 마음에 걸리는 게 있어. 사실 지금까지 아무도 이런 문제를 생각하지 않았다는 게 놀라울 정도야. 해답을 찾지 못하면 지금까지 애써 온 보람도 없이 이 마을은 끝장이야."

빅윅이 물었다.

"그게 무슨 말이야?"

헤이즐이 물었다.

"닐드로-하인 생각나?"

"달리기를 멈췄지. 가엾은 스트로베리."

"그래. 우리한테는 암토끼가 없어, 단 한 마리도. 암토끼가 없으면 아기 토끼도 없고 몇 년 못 가서 마을도 사라지게 돼."

토끼들이 이토록 중대한 문제를 까맣게 잊고 있었다니 믿어지지 않을 수도 있다. 하지만 인간도 같은 실수를 되풀이해 왔다. 그럴 때면 모든 문제를 무시해 버리든가 운이나 요행수를 바라는 것으로 만족해 왔다. 토끼들은 늘 죽음과 가까이 살고 있으며, 죽음이 눈앞에 닥쳐왔을 때는 살아남는 일 말고는 다른 생각을 할 여유가 없다. 그러나 이제 조용하고 살기 좋은 언덕에서 저녁 햇살을 쬐며 앉아 있는 지금, 훌륭한 굴이 바로 뒤에 있고 뱃속에서는 풀이 펠릿이 되어 가고 있는 지금, 헤이즐은 자신이 암토끼를 원한다는 것을 깨달았다. 다들 말이 없는 것으로 보아 헤이즐의 말을 이해한 것 같았다.

토끼들은 풀을 뜯거나 누워서 햇볕을 쬐었다. 종달새가 지저귀며 환한 햇살 속으로 날아올랐다. 그러더니 천천히 내려와서 날개를 쫙 펴고 비스듬히 미끄러지듯 날다가 할미새처럼 꽁지를 흔들며 풀밭을 종종종 뛰어다녔다. 해가 더 기울었다.

이윽고 블랙베리가 입을 열었다.

"어떻게 해야 되지? 다시 여행을 떠나야 되나?"

"그러고 싶진 않아. 물론 상황에 따라 다르겠지만. 난 암토끼 몇 마리를 이리로 데려왔으면 좋겠어."

"어디서?"

"다른 마을에서."

"이 근처에 마을이 있을까? 그걸 어떻게 알아내지? 토끼 냄새가 바람에 실려 온 적은 한 번도 없었잖아."

"방법을 말해 줄게. 저 새야. 바로 저 새가 우리 대신 찾아보는 거야."

블랙베리가 외쳤다.

"헤이즐─라! 정말 대단한 생각이야! 저 새라면 우리가 천 일이 걸려도 못 찾을 것을 하루 만에 찾을 수 있을 거야! 하지만 우리 부탁을 들어줄까? 상처가 낫자마자 휙 날아가 버리지 않을까?"

"그건 모르지. 우리야 잘되기를 바라며 계속 먹이를 주는 수밖에. 빅윅, 넌 저 새랑 친한 것 같으니까 이 일이 우리한테 얼마나 중요한지 설명해 줘. 언덕 위를 날아다니며 뭐가 있는지 알려 주기만 하면 된다고 해."

"나한테 맡겨. 좋은 생각이 있어."

곧이어 모든 토끼들은 헤이즐이 불안해하는 것과 자기들 앞에 닥친 문제가 무엇인지 알게 되었다. 헤이즐의 말은 그다지 놀라울 것이 없었다. 족장 토끼라면 당연히 그래야 하듯이 헤이즐도 마을 토끼들 안에 숨어 있던 강렬한 본능을 밖으로 끄집어냈을 뿐이다. 하지만 토끼들은 갈매기를 이용하자는 계획에 흥분하면서 블랙베리도 떠올리지 못했을 기발한 생각이라고 여겼다. 토끼들에게 있어서 정찰은 제2의 천성이라고 할 만큼 익숙하지만 새를, 그것도 처음 보는 사나운 새를 이용하자는 제안을 듣자, 토끼들은 정말 그렇게 되기만 한다면 헤이즐은 엘-어라이라만큼이나 영리한 토끼임에 틀림없다고 믿었다.

그 뒤로 며칠 동안 토끼들은 열심히 키하르의 먹이를 잡았다. 에이콘과 핍킨은 자기들이 마을에서 가장 뛰어난 벌레잡이라고 뻐기면서 엄청나게 많은 딱정벌레와 메뚜기를 날라 왔다. 처음에 갈매기는 갈증으로 무척 고생했다. 견디다 못해 긴 풀줄기를 쪼아서 목을 축이기도 했다. 다행히 갈매기가 토끼 마을에 온 지 사흘째 되던 날 밤 서너 시간쯤 비가 내려 고갯길에 물웅덩이가 생겼다. 건초 철이 다가오면 늘 그렇듯이 햄프셔 지방은 궂은 날씨가 계속되었다. 남쪽에서 불어 오는 강풍에 풀들이 납작 누워 물결무늬를 이루며 칙칙한 은빛을 띠었다. 너도밤나무의 큰 가지는 거의 움직이지 않았지만 요란한 소리를 냈다. 세찬 비바람이 몰아쳤다. 이런 날씨가 계속되자 키하르는 안절부절못했다. 이리저리 돌아다니고, 빠르게 흘러가는 구름을 지켜보고, 토끼들이 먹이를 갖다 주면 게걸스럽게 먹어 치웠다. 먹이 찾기가 더 힘들어졌다. 비가 오면 곤충들은 풀 속으로 깊숙이 숨기 때문에 파헤쳐서 잡아야 했다.

어느 날 오후 빅윅이 헤이즐을 깨워서 키하르가 할 말이 있다고 전해 주었다. 헤이즐은 여전히 파이버와 같은 굴에서 지냈다. 헤이즐은 땅 위로 나가지 않고 굴길을 지나 갈매기가 있는 곳으로 갔다. 갈매기 머리에서 검은 털이 빠지고 흰 털이 난 것이 맨 먼저 눈에 띄었다. 눈가에는 아직 짙은 밤색 털이 남아 있었다. 헤이즐은 자기가 인사를 건네자 갈매기가 서툰 토끼어로 더듬더듬 대답하는 것을 보고 깜짝 놀랐다. 헤이즐에게 할 말을 미리 연습한 게 틀림없었다.

"에이즐 씨, 토끼들 열심히 일해. 나 이제 안 죽어. 곧 다 나아."

헤이즐이 말했다.

"좋은 소식이군. 잘됐다."

키하르는 다시 산울타리 말로 돌아왔다.

"픽빅 씨, 많이 좋은 토끼."

"맞아."

"픽빅 씨가 너희들 엄마 없대. 엄마 죽었다. 많이 큰일이다."

"그래, 맞아. 어떻게 해야 될지 모르겠어. 엄마를 구할 데가 없어."

"잘 들어. 나 좋은 생각 있어. 나 이제 괜찮아. 날개 나았어. 바람 끝나면 날아가. 너희 위해 날아. 엄마 많이 찾아서, 너 가르쳐 줄게, 조치?"

"와, 정말 멋진 생각이야, 키하르! 그런 생각을 하다니 진짜 똑똑하구나! 넌 정말 훌륭한 새야!"

"난 올해 엄마 끝났어. 너무 늦었어. 엄마들 모두 둥지에 앉아 있어. 알 낳아."

"안됐구나."

"다음에 나 엄마 찾아. 지금은 너희 위해 날아."

"도와줄 일이 있으면 뭐든지 도와줄게."

이튿날 바람이 잔잔해지자 키하르는 두세 번 짧은 비행을 했다. 하지만 사흘 뒤에야 탐색하러 나갈 자신이 생겼다. 더없이 화창한 6월 아침이었다. 키하르는 젖은 풀숲에서 하얀 달팽이를 잡아 큰 부리로 깨뜨려 먹다가 갑자기 빅윅을 휙 돌아보며 말했다.

"지금 나 떠나."

키하르는 날개를 펼쳤다. 빅윅의 머리 위로 60센티미터짜리 날개가 활짝 펼쳐지자, 빅윅은 꼼짝 않고 앉아 이별 의식인 양 하얀 날개가 파닥이며 일으키는 바람을 맞았다. 빅윅은 날개가 일으킨 바람 속에서 귀를 늘어뜨린 채 키하르가 굼뜨게 공중으로 날아오르는 모습을 뚫어지게 바라보았다. 땅 위에 있을 때는 그토록 길고 우아하던 몸이 하늘로 날아오르자 짧고

굵은 원통처럼 보였고, 앞쪽에는 까만 눈 사이로 빨간 부리가
튀어나와 있었다. 키하르는 잠시 몸통만 오르락내리락하며 공
중에 떠 있었다. 그러더니 높이 날아올라 풀밭 위를 비스듬히
날다가 북쪽 절벽 아래로 사라졌다. 빅윅은 숲으로 돌아가서
키하르가 출발했다는 소식을 전했다.

키하르가 떠난 지 며칠이 지났다. 토끼들이 생각했던 것보
다 시간이 오래 걸렸다. 헤이즐은 키하르가 과연 돌아올지 의
심스러웠다. 키하르도 자기들처럼 짝짓기 욕구를 느끼는 데다,
빅윅에게 말했듯이 큰 물과 시끄럽고 북적거리는 갈매기 떼를
그토록 그리워한다면 그곳으로 가 버릴 가능성도 충분했다.
헤이즐은 되도록 불안한 내색을 하지 않았지만, 어느 날 파이
버와 단둘이 있게 되자 키하르가 돌아올 것 같냐고 물었다.

파이버는 주저하지 않고 대답했다.

"돌아와."

"그럼 뭘 가져올까?"

"내가 그걸 어떻게 알아?"

파이버는 이렇게 대꾸했다. 하지만 나중에 굴속에서 조용히
꾸벅꾸벅 졸다가 불쑥 "엘-어라이라의 선물을 갖고 올 거야.
책략, 엄청난 위험, 마을에 내리는 축복을." 하고 말했다. 헤이
즐이 다시 물어보았지만 파이버는 자기가 무슨 말을 했는지도
모르는 듯 자세히 말해 주지는 못했다.

빅윅은 온종일 키하르가 돌아오기만 기다렸다. 빅윅은 퉁명

스러워지고 걸핏하면 화를 냈다. 한번은 블루벨이 돌아오지 않는 친구를 걱정하느라 픽빅 씨의 북슬북슬한 머리털이 빠지는 것 같다고 농담하자, 빅윅은 예전의 주임상사 기질이 발동해서 블루벨을 후려갈기고 벌집을 두 바퀴나 돌며 못살게 굴었다. 그 소동은 홀리가 나서서 자기의 충실한 익살꾼을 구해 주면서 겨우 끝났다.

북쪽에서 불어 오는 가벼운 바람이 시드몬턴 들판의 건초 냄새를 실어 오던 늦은 오후에, 빅윅이 벌집으로 뛰어 들어와 키하르가 돌아왔다고 알렸다. 헤이즐은 설레는 마음을 누르며 혼자서 키하르를 만날 테니 아무도 따라오지 말라고 했다. 하지만 다시 생각해 보고는 파이버와 빅윅을 데리고 갔다.

키하르는 자기 굴에 돌아와 있었다. 굴속에는 냄새 나는 배설물이 사방에 널려 있었다. 토끼는 굴에다 똥을 누지 않기 때문에 헤이즐은 잠자리를 똥으로 더럽히는 키하르의 버릇을 무척 싫어했다. 하지만 지금은 소식을 듣고 싶은 마음에 새 똥 냄새조차 반갑게 느껴졌다.

헤이즐이 물었다.

"키하르, 네가 돌아와서 기쁘다. 피곤하니?"

"날개 피곤해. 조금 날고, 조금 쉬고. 다 잘됐어."

"배고프지? 벌레 좀 잡아올까?"

"좋아, 좋아. 착한 토끼. 딱정벌레 많이."

키하르는 곤충이라면 무조건 '딱정벌레'라고 했다.

키하르는 토끼들의 보살핌이 그리웠던지라 다시 돌아온 기쁨을 누리고 싶어 하는 눈치였다. 이제는 가만히 앉아서 먹이를 받아먹지 않아도 되었지만, 그런 대접을 받아야 한다고 생각하는 게 분명했다. 빅윅은 다른 토끼들을 모아 먹이를 구하기 위해 해 질 때까지 바쁘게 돌아다녔다.

마침내 키하르가 약삭빠른 눈빛으로 파이버를 바라보며 말했다.

"어이, 꼬맹이 씨, 내가 갖고 온 거 알아?"

파이버가 퉁명스럽게 대꾸했다.

"몰라."

"말해? 이 큰 언덕들 날아다녔어. 이쪽, 저쪽, 해 뜨는 쪽, 해 지는 쪽. 토끼 없어. 하나도, 하나도 없어."

키하르는 입을 다물었다. 헤이즐은 불안한 듯 파이버를 쳐다보았다.

"그래서 맨 아래 내려갔어. 작은 언덕 큰 나무 있는 농장 알아?"

"아니, 농장이 있는 줄 몰랐어. 계속해 봐."

"나 가르쳐 준다. 안 멀다. 여기 보여. 거기 토끼들 살아. 상자 속에서 살아. 인간이랑 같이. 알아?"

"인간하고 같이? 지금 '인간이랑 같이 산다.'고 했어?"

"그래그래, 인간하고 같이. 헛간에서. 헛간 상자 속에. 인간이 먹을 거 갖다 줘. 알아?"

헤이즐이 말했다.

"그런 일도 있다는 건 알아. 들은 적 있어. 잘했어, 키하르. 꼼꼼히 알아봤구나. 하지만 우리한테는 도움이 안 돼."

"엄마들 있어. 큰 상자 속에. 다른 곳에 없어. 들판에도 없고 숲에도 없어. 토끼 없어. 하나도 못 봤어."

"큰일이네."

"잠깐, 나 더 얘기해. 들어 봐. 나 다른 쪽 날아갔어. 한낮에 해 있는 곳. 그래, 큰 물 있는 쪽."

빅윅이 물었다.

"그럼 큰 물까지 갔다 온 거야?"

"아니, 아니, 그렇게 멀리 아냐. 그쪽 강 있어. 알아?"

"아니, 그렇게 멀리까진 못 가 봤어."

키하르는 되풀이해서 말했다.

"강 있어. 거기 토끼 마을 있어."

"강 건너편에?"

"아니, 아니. 그쪽으로 가, 큰 들판으로 쭉. 한참 가면 토끼 마을 있어. 아주 커. 그 뒤에 철길 있고 뒤에 강 있어."

파이버가 물었다.

"철길?"

"응, 응, 철길. 철길 못 봤어? 인간이 만들어."

키하르의 말은 말법도 틀린 데다 발음이 이상해서 토끼들은 무슨 말인지 알아듣기 힘들었다. 방금 키하르가 말한 '철'과

'길'이라는 말도 갈매기한테는 익숙한 단어지만 토끼들은 거의 들어 보지 못했다. 토끼들은 넓은 세상을 알고 있는 키하르의 말을 이해하기 힘들었다. 하지만 키하르가 걸핏하면 짜증을 내서 자세히 물어볼 수도 없었다. 헤이즐은 얼른 생각을 정리했다. 두 가지는 확실하다. 키하르는 남쪽에 있는 큰 마을을 찾아낸 게 틀림없다. 그리고 철길이 뭔지는 모르겠르지만 그 마을은 철길과 강 이쪽 편에 있다. 그렇다면 목적지까지 가는 데 철길과 강은 신경 쓰지 않아도 될 것이다.

헤이즐이 말했다.

"키하르, 확실히 말해 줘. 철길과 강은 신경 쓰지 않아도 그 마을에 갈 수 있어?"

"그래그래, 철길로 안 가. 토끼 마을 큰 들판 덤불숲 속. 엄마 많아."

"여기서…… 그 마을까지 얼마나 걸릴까?"

"이틀. 멀어."

"잘했어, 키하르. 우리가 바라던 일을 다 해 주었어. 이제 쉬어. 먹이를 갖다 줄 테니까 실컷 먹어."

"지금 잔다. 내일 딱정벌레 많이, 그래그래."

토끼들은 벌집으로 돌아왔다. 헤이즐이 키하르의 소식을 전하자, 긴 시간에 걸쳐 이어졌다 끊어지기를 되풀이하며 산만한 토론이 진행되었다. 토끼들은 이런 방법으로 결론에 도달한다. 2, 3일 동안 남쪽으로 가다 보면 토끼 마을이 나온다는 사실은 토끼들의 머릿속에서 깜박깜박 떠올랐다가 사라지곤 했다. 마치 깊은 물 속에 빠진 동전이 이쪽저쪽으로 움직이고 뒤집히고 사라졌다가 다시 나타나면서 바닥으로 가라앉는 것처럼. 헤이즐은 이야기가 계속되도록 내버려 두었다. 토끼들은 한참을 두런거리다가 마침내 뿔뿔이 흩어져 잠자리에 들었다.

이튿날 아침 토끼들은 여느 때와 다름없이 생활했다. 키하르에게 먹이를 갖다 주고는 풀을 뜯고 놀기도 하고 굴을 파기도 했다. 하지만 나뭇가지에 맺힌 물방울이 서서히 커지다가 무게를 못 견디고 똑 떨어지듯이 자기들이 해야 될 일이 무엇인지가 점점 또렷해지기 시작했다. 그다음 날 헤이즐은 그것을 확실히 깨달았다. 해 뜰 무렵 헤이즐이 파이버를 비롯해 토끼 서너 마리와 함께 둔덕에 앉아 있을 때 우연찮게 이야기할 기회가 찾아왔다. 모두 모일 필요는 없었다. 결론이 내려졌다. 토끼들 사이에 그 소식이 전해지자, 그 자리에 없던 토끼들도 헤이즐의 설명을 들을 것도 없이 그 결정을 받아들였다.

헤이즐이 말했다.

"키하르가 찾은 마을은 아주 크다고 했어."

빅윅이 말했다.

"그러니 힘으로 빼앗을 수는 없어."

헤이즐이 말했다.

"난 그 마을에 가서 살고 싶진 않아. 너희들은 어때?"

댄더라이언이 말했다.

"여길 떠나다니? 애써 만들어 놓은 마을을 두고? 게다가 거기 가 봤자 고생만 할 거야. 아무도 가겠다고 하지 않을걸."

헤이즐이 말했다.

"우리가 바라는 건 암토끼 몇 마리를 데려오는 거야. 어려울 것 같니?"

홀리가 말했다.

"그렇진 않을 거야. 마을이 크면 토끼가 너무 많아 배를 곯는 토끼도 있게 마련이야. 그러다 보니 젊은 암토끼는 신경이 예민해지고 초조해져서 아기를 못 낳기도 해. 뱃속에 아기 토끼가 생기더라도 도로 녹아서 몸속에 흡수되는 거야. 그거 몰랐어?"

스트로베리가 말했다.

"몰랐는데."

"너희 마을은 토끼 수가 많지 않아서 그래. 우리 마을, 그러니까 스레아라 마을도 한두 해 전에 수가 너무 늘어난 적이 있었는데, 젊은 암토끼들이 아기 토끼를 낳지 않고 자기 몸속으로 도로 흡수해 버렸어. 스레아라가 말하기를 옛날에 엘-어라이라와 프리스 님이 계약을 맺었대. 프리스 님이 토끼한테는 아기가 죽어서 태어나거나, 원하지 않는데 태어나는 일이 없도록 해 주겠다고 약속했다는 거야. 어미 토끼는 아기 토끼를 제대로 키울 만한 상황이 아닐 때에는 낳지 않고 몸속에서 흡수해 버리는 특권이 있는 거야."

헤이즐이 말했다.

"음, 그 계약 이야기는 들은 적이 있어. 그러니까 그 마을에는 불만을 가진 암토끼가 있을 거라는 얘기지? 희망은 있구나. 그럼 그 마을에 원정대를 보내는 것과 싸우지 않고도 목적을 이룰 가능성이 많다는 데는 다들 동의한 거다. 다 같이 가고 싶니?"

스트로베리가 말했다.

"아니. 가는 데 이삼 일이나 걸린다면 갈 때나 올 때나 모두 위험할 거야. 우르르 몰려가는 것보다는 서너 마리만 가는 게 낫겠지. 서너 마리라면 빨리 움직일 수 있고 눈에 띄지도 않을 테니까. 게다가 그 마을 족장 토끼도 몇 안 되는 낯선 토끼들이 정중하게 부탁해 오면 그렇게 반대하지는 않을 거야."

헤이즐이 말했다.

"네 말이 맞는 것 같다. 그럼 네 마리를 보내자. 우리가 이런 곤란에 빠진 사정을 설명하고 암토끼 몇 마리만 데려가게 해 달라고 부탁하는 거야. 그런데도 반대하는 족장 토끼는 없을 거야. 누구를 보내는 게 좋을까?"

댄더라이언이 말했다.

"헤이즐-라 넌 가면 안 돼. 넌 이 마을에 꼭 필요한 토끼니까 위험한 일에 나서면 안 돼. 다들 그렇게 생각한다구."

헤이즐도 자기가 앞장서서 원정 나서는 것을 다들 반대할 줄 알고 있었다. 실망스럽긴 하지만 친구들 말이 옳았다. 그 마을에서도 족장 토끼가 직접 찾아가면 깔볼 것이다. 게다가 헤이즐은 딱히 외모나 말주변이 뛰어난 것도 아니었다. 이 일은 다른 토끼의 몫이었다.

"좋아, 너희가 말릴 줄 알았어. 어쨌든 이런 일에는 나보다 홀리가 적임자야. 홀리라면 트인 곳을 지나는 법도 훤히 알고, 그 마을에 가서도 이야기를 잘할 거야."

아무도 반대하지 않았다. 홀리는 누가 보아도 적임자였지만 같이 갈 토끼를 뽑기는 그리 간단하지 않았다. 다들 가고 싶어 했지만 워낙 중대한 일이라 결국 토끼 한 마리 한 마리를 놓고 따져 보았다. 오랜 여행에서 살아남아 건강한 모습으로 도착해서 낯선 마을에서도 신뢰를 얻을 수 있는 토끼는 누구일까. 빅윅은 처음 보는 토끼들과 다툴 수도 있다고 제외되자, 처음에는 부루퉁했지만 키하르를 계속해서 돌볼 수 있다는 생각에 기분이 풀어졌다. 홀리는 블루벨을 데려가고 싶어 했지만, 블랙베리 말마따나 블루벨이 농담을 했다가 족장 토끼를 언짢게 하기라도 하면 일을 그르칠 수도 있었다. 결국 실버와 벅손과 스트로베리가 뽑혔다. 말은 안 해도 스트로베리는 기뻐하는 기색이 뚜렷했다. 그동안 겁쟁이가 아님을 보여 주려고 애써 왔던 터라 친구들의 인정을 받았다는 사실에 뿌듯해했다.

원정대는 새벽 어스름 속에서 출발했다. 헤이즐과 빅윅은 너도밤나무 숲 남쪽 끝까지 배웅하러 나와 친구들이 서쪽에 있는 농장을 향해 가는 모습을 지켜보았다. 홀리는 자신감에 넘쳐 보였고 나머지 세 토끼도 의기충천해 있었다. 친구들의 모습은 이내 풀숲으로 사라졌고 둘은 숲 속으로 돌아왔다. 키하르는 그날 오후에 원정대가 제대로 찾아가고 있는지 확인하고 와서 상황을 알려 주었다.

헤이즐이 말했다.

"음, 우리가 할 수 있는 건 다 했어. 남은 건 저 친구들과 엘-어라이라에게 달려 있어. 당연히 잘되겠지?"

빅윅이 말했다.

"잘되다마다. 빨리 돌아오면 좋겠다. 내 굴에서 근사한 암토끼와 아기들과 함께 사는 날이 빨리 왔으면. 작은 빅윅들이라니! 헤이즐, 생각만 해도 가슴 떨린다!"

24 너트행어 농장

로빈은 아무 변장도 하지 않고
노팅엄으로 찾아와
하느님과 인자한 마리아에게 빌었다.
부디 무사히 마을을 빠져나가게 해 달라고.

로빈 곁에 머리가 큰 수도승이 있었다.
오, 주여, 도와주소서!
수도승은 첫눈에
로빈을 꿰뚫어 보았다.

〈로빈 후드와 수도승〉(어린이 노래집 119번)

한여름 밤, 헤이즐은 둔덕에 앉아 있었다. 해가 진 지 다섯 시
간쯤 되었는데도 황혼녘처럼 어둑어둑할 뿐이어서 잠도 오지
않고 괜히 마음이 들썽거렸다. 모든 일이 잘되어 가고 있었다.
키하르는 어제 오후에 홀리를 만나 조금 더 서쪽으로 가라고

일러 주었다. 그러고는 홀리가 큰 마을을 제대로 찾아갈 거라는 확신이 들자 빽빽한 산울타리에 숨어 있는 홀리를 남겨 두고 돌아왔다. 앞으로 이틀만 지나면 홀리 일행은 목적지에 닿을 것이다. 빅윅과 몇몇 토끼들은 홀리가 돌아올 때를 대비해서 벌써부터 굴을 넓히고 있었다. 키하르는 황조롱이와 격렬한 싸움을 벌이기도 했는데, 코니시 항구를 쩌렁쩌렁 울리고도 남을 목청으로 욕설을 마구 퍼부어 댔다. 싸움은 무승부로 끝났지만 앞으로는 황조롱이도 너도밤나무 숲 근처에 함부로 얼씬대지 못할 것이다. 샌들포드 마을을 떠난 이래 이렇게 순조로운 적은 없었다.

헤이즐은 유쾌한 장난기가 발동했다. 엔본 강을 건넌 뒤 혼자서 들판을 올라가다가 콩밭을 발견했던 아침과 똑같은 기분이었다. 자신감에 넘쳐서 당장이라도 모험을 떠나고 싶었다. 하지만 어떤 모험을 한다? 홀리나 실버가 돌아오면 들려줄 만한 모험. 음, 그렇다고 그들이 거둔 성과가 빛이 바랠 정도여선 안 된다. 암, 그렇고 말고. 하지만 그 친구들이 할 수 있는 일은 족장 토끼도 할 수 있다는 것을 보여 주고 싶다. 헤이즐은 그런 생각을 하면서 둔덕을 깡충깡충 뛰어 내려가 풀밭에서 오이풀 냄새를 맡았다. 자, 어떻게 하면 친구들을 기분 나쁘지 않게 살짝 놀래 줄 수 있을까? 문득 이런 생각이 떠올랐다. '친구들이 돌아와서 암토끼가 있는 걸 보면 어떨까?' 순간 헤이즐은 키하르가 말한 농장의 상자 속에 토끼들이 많다는 사실이 떠올랐다. 대체 어떤 토끼들일까? 상자에서 밖으로 나오는 일도 있을까? 야생 토끼를 본 적이 있을까? 키하르는 그 농장이 여기서 멀지 않은 작은 언덕에 있다고 했다. 인간이 다니지 않는 이른 아침에 가면 들키지 않을 것이다. 개는 묶여 있겠지만 고양이가 돌아다닐 텐데. 하지만 탁 트인 곳에서는 고양이가 다가오는 낌새를 먼저 알아차리기만 하면 잡히지 않는다. 중요한 건 고양이가 다가오는 것을 미리 알아차리는 일이다. 재수가 아주 나쁘지만 않다면 엘릴한테 들키지 않고 산울타리를 따라 나아갈 수 있을 것이다.

하지만 거기 가서 무엇을 한단 말인가? 나는 왜 그 농장에 가려는 것일까? 헤이즐은 오이풀을 다 뜯어 먹고 난 뒤 별빛 아래서 스스로에게 대답했다.

"그냥 한번 살펴보는 거야. 상자 속에서 사는 토끼들을 만나면 이야기도 해 봐야지. 단지 그뿐이야. 위험한 짓은 안 해. 그러니까 정말로 위험한 짓은 말야. 그만한 가치가 있는 일이라면 또 모를까."

혼자 가는 게 좋을까? 친구랑 같이 가는 편이 더 안전하고 즐거울 것이다. 하지만 딱 하나여야 한다. 눈길을 끌면 안 되니까. 누가 가장 좋을까? 빅윅? 댄더라이언? 아니, 아니다. 자기 주장을 내세우지 않고 시키는 대로 따를 토끼가 필요하다. 대번에 핍킨이 떠올랐다. 핍킨이라면 두말 않고 따라올 테고 시키는 대로 할 것이다. 지금쯤 핍킨은 벌집과 가까운 굴에서 블루벨과 에이콘과 함께 자고 있을 것이다.

헤이즐은 운이 좋았다. 핍킨은 굴 입구 쪽에 있었는데 마침 깨어 있었다. 헤이즐은 다른 두 토끼는 깨우지 않고 핍킨만 데리고 굴길을 따라 둔덕으로 나왔다. 핍킨은 위험하지 않을까 불안해하며 주위를 둘러보았다.

헤이즐이 말했다.

"괜찮아, 흘라오-루. 무서워할 거 없어. 나랑 언덕을 내려가서 키하르한테 들었던 농장에 가 보자. 잠시 살펴보기만 할 거야."

"헤이즐-라, 농장이라니? 뭐 하러? 위험하지 않을까? 개나 고양이나……."

"아니, 나랑 같이 있으면 괜찮을 거야. 너하고 나만 가. 다른 토끼는 데려가기 싫어. 비밀 계획이 있거든. 남들한테 말하면 안 돼. 뭐, 당분간은 말야. 다른 토끼는 다 필요 없고 꼭 너랑 가고 싶어."

과연 이 말은 효과가 있었다. 핍킨은 두말없이 따라나섰다. 둘은 풀밭 길을 지나 그 너머의 풀밭을 가로질러 절벽을 내려갔다. 좁은 띠 모양의 숲을 거쳐 홀리가 어둠 속에서 빅윅을 부르던 들판으로 나왔다. 헤이즐은 걸음을 멈추고 냄새를 맡고는 귀를 기울였다. 아직 동이 트기 전이라 올빼미가 집으로 돌아오면서 사냥할 시간이었다. 다 자란 토끼는 올빼미를 만나도 그다지 위험하지 않지만 올빼미가 있는지 신경은 쓴다. 담비나 여우가 돌아다닐지도 모르지만, 고요하고 촉촉한 밤이라 헤이즐은 자신감에 가득 차서 어떤 네발 사냥꾼이 오더라도 미리 냄새를 맡고 소리도 들을 수 있을 것 같았다.

농장이 어디인지 확실히는 모르지만 들판 끝에 있는 도로를 건너야 한다는 것은 분명했다. 헤이즐이 느긋하게 출발하자 핍킨이 바짝 쫓아왔다. 둘은 홀리와 블루벨이 나타났던 산울 타리를 소리 없이 빠져나간 뒤, 어둠 속에서 희미하게 윙윙거 리는 고압선 밑을 지나 몇 분 만에 도로에 다다랐다.

모든 일이 잘될 것 같은 확신이 들 때가 있다. 크리켓 경기 에서 멋진 활약을 펼친 타자가 나중에 회상하기를 반드시 공 을 칠 수 있을 것 같은 느낌이 들었다고 하고, 강연이나 공연 을 성황리에 마친 강사나 배우는 몸이 저절로 뜨는 신기한 물 에서 수영하는 것처럼 관중들이 자신을 이끌어 가는 느낌이 들 었다고 하기도 한다. 헤이즐도 그런 기분이었다. 별이 초롱초 롱 빛나고 한쪽에서는 어렴풋이 새벽이 밝아 오는 고요한 여름 밤이었다. 헤이즐은 무서울 게 없었고 농장쯤은 천 개라도 깡 충깡충 지나갈 수 있을 것 같았다. 타르 냄새가 풍기는 도로 위쪽 둔덕에 핍킨과 나란히 앉아 있을 때 맞은편 산울타리에 서 어린 쥐가 쪼르르 기어 나와 도로를 건너 둔덕 아래쪽의 시 든 별꽃 무더기로 사라지는 것을 보고도 딱히 재수가 좋다고 생각하지 않았다. 길잡이가 나타나 농장으로 가는 길을 가르 쳐 줄 거라고 확신하고 있었기 때문이다. 헤이즐이 잽싸게 둔덕을 내려가 보니 쥐는 도랑에서 킁킁 냄새를 맡고 있었다.

헤이즐이 물었다.

"농장, 농장은 어디 있냐? 이 근처 작은 언덕에 있다던데."

쥐는 수염을 실룩이며 헤이즐을 빤히 쳐다보았다. 토끼한테 군이 친절하게 대할 이유는 없었지만 헤이즐의 눈빛을 보니 예의 바르게 대답할 수밖에 없었다.

"도로 저편. 오솔길 올라가."

하늘이 점점 밝아 오고 있었다. 헤이즐은 핍킨을 기다리지 않고 곧장 도로를 건넜다. 오솔길 아래쪽에 있는 산울타리에 이르렀을 무렵 핍킨이 따라왔다. 거기서 일단 걸음을 멈추고 귀를 기울이고 나서 북쪽 지평선을 향해 비탈을 올라갔다.

너트행어 농장은 옛날이야기에 나오는 농장 같았다. 워터십 다운과 에킨스웰 사이, 두 지역에서 각각 800미터쯤 떨어진 곳에 널따란 언덕이 있는데, 북쪽 비탈은 조금 가파르고 남쪽 비탈은 워터십 다운의 능선처럼 완만했다. 양쪽 비탈에 난 좁은 길을 따라 올라가면 평평한 언덕 마루를 둘러싼 느릅나무들이 나온다. 느릅나무는 아주 가벼운 바람에도 수많은 나뭇잎들이 쏴아아 소리를 낸다. 이 느릅나무 울타리 안에 농가와 헛간과 부속 건물이 서 있다. 농가는 200년도 더 된 듯한 벽돌집으로, 돌로 된 정면은 남쪽에 있는 언덕을 바라보고 있다. 동쪽에는 주춧돌 위에 세워져 바닥이 평지보다 높은 창고가 있고, 그 맞은편에는 외양간이 있다.

헤이즐과 핍킨이 언덕 꼭대기에 이르러 보니 첫새벽 빛에 건물과 마당이 또렷이 보였다. 주위에서 들리는 새 소리는 예전에 많이 듣던 소리였다. 낮은 가지에서 울새가 한차례 지저귀고는 농가 뒤쪽에서 들려오는 다른 울새의 대답에 귀를 기울였다. 되새가 노래하고 조금 떨어진 곳에 있는 높은 느릅나무에서 솔새가 울기 시작했다. 헤이즐은 공기 냄새를 자세히 맡으려고 곧추앉았다. 짙게 풍기는 짚 냄새와 소똥 냄새에 느릅나무 잎, 재, 소여물 냄새가 섞여 있었다. 훈련된 귀가 종소리의 원음과 함께 희미하게 들리는 음까지 들을 수 있듯이 헤이즐의 코는 희미한 냄새까지 맡았다. 역시나 담배 냄새가 났다. 진한 고양이 냄새와 그보다 옅은 개 냄새가 풍기더니 곧 토끼 냄새가 물씬 풍겨 왔다. 핍킨도 그 냄새를 맡은 것 같았다.

둘은 이렇게 냄새를 맡으면서 소리에도 신경을 쓰고 있었다. 새들이 포르르 날아다니고 갑자기 주위에서 파리가 앵앵거리는 것 말고는 나뭇잎 서걱이는 소리밖에 들리지 않았다. 워터십 다운 북쪽 기슭은 조용했지만, 이곳은 뜰에 비치는 햇살이 이슬에 더욱 반짝이듯이 팔랑거리는 수많은 느릅나무 잎 때문에 남쪽에서 불어 오는 산들바람이 큰 소리를 냈다. 우듬지 가지에서 들리는 소리는 꼭 거대한 뭔가가 다가오는 듯하면서도 다가오지 않는 것 같아 불안했다. 헤이즐과 핍킨은 잠시 꼼짝 않고 높은 데서 들려오는 이 요란한 소리에 귀를 기울였지만, 별다른 의미는 없는 것 같았다.

고양이는 보이지 않았지만 농가 옆에 지붕이 납작한 개집이 있었다. 언뜻 보니 개집에는 검은 털에 윤기가 흐르는 큰 개가 앞발에 머리를 대고 자고 있었다. 사슬은 보이지 않았다. 하지만 곧 헤이즐은 가는 밧줄이 개집 입구에서 나와 지붕에 묶여 있는 것을 발견했다. '왜 밧줄로 묶었지?' 하고 궁금해하다가 '밤에 개가 움직이면 사슬 소리가 시끄러워서 그러나 보다.'라고 생각했다.

두 토끼는 판채들 사이를 돌아다녔다. 처음에는 조심스럽게 몸을 숨기고 고양이가 있는지 끊임없이 살펴보았다. 하지만 고양이가 안 보이자 대담해져서 훤히 트인 곳을 지나기도 하고, 심지어 걸음을 멈추고 잡초가 우거진 잔디밭에서 민들레를 뜯기도 했다. 헤이즐은 냄새를 따라 지붕이 나직한 헛간으로 갔다. 마침 문이 반쯤 열려 있어서 잠시 멈춰 섰다가 안을 살펴보지도 않고 곧장 벽돌로 된 문지방을 넘어섰다. 들어가자마자 맞은편에 받침대처럼 널찍한 나무 선반 위에 철망이 쳐진 우리가 눈에 띄었다. 철망 너머로 갈색 사발과 푸성귀, 그리고 토끼 두세 마리의 귀가 보였다. 헤이즐이 한참 바라보고 있는데 토끼 하나가 철망 밖을 내다보다가 헤이즐을 발견했다.

나무 선반 옆에 짚단이 거꾸로 세워져 있었다. 헤이즐은 짚단 위로 훌쩍 뛰어올랐다가 나무 선반으로 올라갔다. 그 낡은 선반은 먼지투성이에다 밀기울이 폭신하게 깔려 있었다. 헤이즐은 헛간 입구에서 기다리고 있는 핍킨을 돌아보며 말했다.

"흘라오-루, 여긴 나가는 곳이 하나밖에 없어. 그러니까 넌 거기서 고양이가 오나 살펴봐. 안 그러면 우린 꼼짝없이 여기 갇히게 되니까. 문가에서 망을 보다가 고양이가 나타나면 곧바로 알려 줘."

"알았어, 헤이즐-라. 지금은 고양이 없어."

헤이즐은 토끼 우리로 다가갔다. 철망이 쳐진 우리 앞쪽이 선반 가장자리로 튀어나와 있어서 그쪽으로 다가가거나 안을 들여다볼 수는 없었지만, 우리 옆면 판자의 옹이 구멍으로 실룩거리는 코가 보였다.

"난 헤이즐-라야. 너희랑 이야기하러 왔어. 내 말 알아듣겠니?"

그러자 조금은 낯설지만 충분히 알아들을 수 있는 토끼어가 들려왔다.

"응, 알아들어. 난 박스우드야. 넌 어디서 왔어?"

"언덕에서. 나는 친구들이랑 인간이 없는 곳에서 자유롭게 살고 있어. 풀을 뜯고 햇빛을 쬐고 땅속에서 잠을 자. 너희는 모두 몇 마리야?"

"넷. 암토끼, 수토끼 합해서."

"밖에 나가 본 적 있어?"

"응, 가끔. 이 집 아이가 우릴 데리고 나가서 울타리 쳐진 풀밭에다 놓아줘."

144

"우리 마을 이야기를 들려주러 왔어. 우리는 토끼가 더 필요해. 너희들이 농장에서 도망쳐 나와 우리랑 같이 살았으면 좋겠다."

박스우드가 말했다.

"우리 뒤쪽에 철망으로 된 문이 있어. 그쪽으로 와. 그러면 이야기하기가 더 편할 거야."

문은 나무틀에 철망을 단 것으로, 문설주에 가죽 경첩 두 개가 박혀 있고 걸쇠와 꺾쇠가 철사에 감겨 고정되어 있었다. 토끼 네 마리가 문 앞으로 몰려와서 철망에 바짝 코를 들이밀었다. 로럴과 클로버라는 토끼는 털이 짧고 까만 앙고라였다. 박스우드와 그의 아내 헤이스택은 검은색과 흰색이 섞인 히말라야종이었다.

헤이즐은 자기들이 언덕에서 어떻게 살아가는지, 야생 토끼는 어떤 짜릿함과 자유를 맛보는지 이야기해 주었다. 그리고 늘 그렇듯 솔직하게 지금 자기네 마을은 암토끼가 없어서 고민이며 암토끼를 찾으러 왔다고 털어놓았다.

"하지만 너희 암토끼를 빼앗고 싶진 않아. 암토끼든 수토끼든 우리 마을에 오면 환영받을 거야. 언덕에서는 모두가 풍요롭게 지낼 수 있어."

헤이즐은 계속해서 해 질 무렵과 이른 아침에 싱싱한 풀을 뜯는 기쁨을 들려주었다.

상자 토끼들은 헤이즐의 이야기가 당황스럽기도 하고 매혹

적이기도 한 모양이었다. 튼튼하고 적극적인 앙고라종 암토끼인 클로버는 헤이즐의 이야기를 듣고 무척 흥분하며 토끼 마을이나 언덕에 대해 몇 가지 묻기도 했다. 상자 토끼들은 우리 속 생활이 따분하긴 하지만 안전하다고 생각하는 게 틀림없었다. 여기저기서 엘릴에 대해 꽤 많이 듣고서 야생 토끼들은 오래 살지 못한다고 굳게 믿는 것 같았다. 헤이즐은 상자 토끼들이 자기를 환영하고 즐겁게 이야기를 들어 주긴 하지만, 단조로운 생활만 하다가 오래간만에 설렘과 변화를 느낄 수 있어서 그럴 뿐이지 실제로 결정을 내리고 행동하는 능력은 없다는 것을 알아차렸다. 상자 토끼들은 마음을 결정할 줄도 몰랐다. 야생 토끼는 감각으로 느끼고 행동하는 것이 제2의 천성이다. 하지만 이 토끼들은 지금껏 살아남기 위해 행동하거나 먹을 것을 찾아다닌 적이 없었다. 이들을 언덕에 데려가려면 강하게 다그쳐야 한다. 헤이즐은 잠시 가만히 앉아 선반에 쏟아진 밀기울을 오물거렸다.

이윽고 헤이즐이 입을 열었다.

"난 이제 친구들이 있는 언덕으로 돌아가야 해. 하지만 나중에 다시 올게. 밤에 올 텐데 그때는 농부가 하듯이 거뜬히 우리 문을 열어 줄게. 맘만 먹으면 우리랑 함께 갈 수 있어."

박스우드가 뭐라고 말을 하려는데 아래쪽에 있던 핍킨이 다급히 말했다.

"헤이즐, 뜰에 고양이가 있어!"

헤이즐은 박스우드에게 말했다.

"사방이 트인 곳에 있을 때는 고양이 따윈 무섭지 않아."

헤이즐은 애써 느긋한 척하며 짚단으로 뛰어내렸다가 바닥으로 내려가 문 쪽으로 갔다. 핍킨은 경첩 틈새로 밖을 살피고 있었다. 잔뜩 겁에 질려 있었다.

핍킨이 말했다.

"냄새를 맡은 것 같아. 우리가 어디 있는지 아나 봐."

"그럼 여기를 나가야지. 날 바짝 따라오다가 내가 뛰면 같이 뛰는 거야."

헤이즐은 경첩 틈새로 내다보지도 않고 반쯤 열린 문으로 가서 문지방에 멈춰 섰다.

가슴과 발이 하얀 얼룩고양이가 뜰 저편에서 통나무 더미를 따라 천천히 조심스럽게 걸어오고 있었다. 고양이는 헤이즐이 문간에 나타나자 그대로 멈춰 서서 꼬리만 실룩거리며 헤이즐을 노려보았다. 헤이즐은 천천히 문지방을 넘고는 다시 멈춰 섰다. 뜰에는 벌써 아침 햇살이 비스듬히 비쳐 들고 1미터쯤 떨어진 똥덩이에서 파리가 윙윙대는 소리만 들릴 뿐 사방은 고요했다. 짚 냄새와 흙냄새, 산사나무 꽃 냄새가 풍겼다.

헤이즐이 고양이에게 말을 걸었다.

"배고픈가 보군. 쥐들이 갈수록 똑똑해지나 보지?"

고양이는 대꾸하지 않았다. 헤이즐은 햇살에 눈을 깜빡이며 앉아 있었다. 고양이는 앞발 사이로 고개를 내민 채 땅바닥에

찰싹 엎드리듯이 웅크렸다. 핍킨은 바로 뒤에서 안절부절못했
다. 헤이즐은 고양이한테서 눈길을 떼지 않고도 핍킨이 덜덜
떨고 있음을 느낄 수 있었다.

헤이즐이 속삭였다.

"겁먹지 마, 흘라오-루. 무사히 도망칠 수 있으니까 고양이
가 덤벼들 때까지만 기다려. 가만히 있어."

고양이가 꼬리를 흔들기 시작했다. 흥분이 고조되면서 엉덩
이를 치켜들어 좌우로 흔들었다.

헤이즐이 말했다.

"뛸 줄 알아? 아니, 못 뛸걸. 야, 퉁방울눈에다 뒷문에서 접
시나 핥는……."

고양이가 휙 덤벼들자 두 토끼는 뒷다리를 힘차게 내뻗으며
달아났다. 두 토끼는 도망칠 준비를 단단히 하고 있었는데도
고양이가 워낙 빨라서 아슬아슬하게 틀을 벗어났다. 기다란
창고를 따라 뛰어가는데 래브라도 레트리버*가 목 줄을 팽팽
히 끌면서 미친 듯이 짖어 댔다. 인간이 개한테 소리를 버럭 질
렀다. 두 토끼는 좁은 길 옆 산울타리로 들어가 뒤를 돌아보았
다. 고양이는 딱 멈춰 선 채 짐짓 아무 일도 없었다는 듯이 앞
발을 핥고 있었다.

헤이즐이 말했다.

*래브라도 레트리버 : 캐나다가 원산지인 사냥개. ─옮긴이

"이젠 우리를 귀찮게 하지 않을 거야. 고양이들은 바보 같아 보이는 걸 싫어하니까. 아까처럼 자기가 먼저 공격하지 않았다면 계속 쫓아오면서 다른 고양이까지 불러들였을걸. 어쨌든 고양이들이 먼저 달려들기 전에는 도망치지 마. 흘라오-루, 네가 미리 고양이를 발견해서 다행이야."

"내가 도움이 되었다니 기뻐. 그런데 우린 뭘 한 거야? 왜 상자 토끼들이랑 이야기했어?"

"나중에 다 얘기해 줄게. 들판에 가서 풀을 먹자. 그리고 나서 슬슬 돌아가지, 뭐."

25 침입

그는 동의했다. 그렇지 않으면 왕이 아니었다. ……
그에게 "제물을 바칠 때가 왔다."고 말할 수 있는 사람은 아무도 없었다.

메리 레놀트, 〈왕은 죽어야 한다〉

헤이즐과 핍킨은 저녁이 다 되어서야 벌집으로 돌아왔다. 둘
이 들판에서 풀을 뜯고 있는데 찬 바람이 불면서 비가 왔기 때
문이다. 처음에는 비를 피해 가까운 도랑에 들어갔지만 비탈
에 있는 도랑이라 10분쯤 지나자 빗물이 흘러 들어와서 좁은
길 중간에 있는 외딴 헛간으로 뛰어들었다. 둘은 수북한 짚더
미 속으로 기어 들어가 쥐 소리가 나는지 귀를 기울였다. 사방
이 조용하자 졸음이 몰려오더니 어느새 잠이 들었다. 바깥에
서는 줄곧 비가 내렸다. 두 토끼가 깨어난 것은 오후 중반이었

는데, 그때까지도 비가 내리고 있었다. 헤이즐은 급할 게 없었다. 비를 맞으며 가자니 귀찮기도 하고, 어쨌거나 제정신인 토끼라면 헛간에 왔다가 그냥 갈 수는 없었다. 둘은 한참 동안 사탕무와 스웨덴순무를 먹고 나서 날이 어둑해질 무렵에야 헛간을 나섰다. 그러고는 깜깜해지기 전에 느긋하게 너도밤나무 숲에 도착했다. 털이 흠뻑 젖었다 뿐이지 모든 것이 만족스러웠다. 토끼 두세 마리만 밖에 나와 조용히 실플레이를 하고 있었다. 아무도 어디 갔다 왔느냐고 묻지 않았다. 헤이즐은 곧장 굴로 들어가면서 핍킨한테 당분간 오늘 있었던 일을 아무에게도 말하지 말라고 일러두었다. 굴에는 아무도 없었다. 헤이즐은 누워서 그대로 곯아떨어졌다.

깨어나 보니 여느 때처럼 파이버가 곁에 있었다. 동이 트려면 좀 더 있어야 했다. 보송보송하게 마른 흙바닥이 아늑하게 느껴져 다시 잠을 청하려는데 파이버가 말을 걸었다.

"헤이즐, 너 흠뻑 젖어 있었어."

"응, 그래서 뭐? 풀이 젖어 있었잖아."

"실플레이를 해서 젖은 게 아냐. 넌 쫄딱 젖어 있었다구. 어제 하루 종일 여기 없었지?"

"아아, 언덕 아래로 먹이를 찾으러 갔었어."

"순무를 먹었던데. 발에서 농장 냄새가 나. 닭똥이랑 밀기울 냄새. 하지만 그것 말고도 이상한 것이 있어. 냄새로는 알 수 없는 것. 대체 무슨 일이 있었던 거야?"

"고양이하고 잠깐 싸웠어. 뭘 그렇게 걱정해?"

"네가 뭔가 숨기고 있으니까. 위험한 일을 말이야."

"위험한 건 홀리지 내가 아냐. 왜 나한테 신경 쓰는 거야?"

파이버가 깜짝 놀라며 물었다.

"홀리? 홀리랑 친구들은 엊저녁 일찌감치 큰 마을에 도착했어. 키하르가 알려 줬잖아. 여태 몰랐단 말야?"

헤이즐은 꼼짝없이 들켰구나 생각했다.

"그래, 방금 들었어. 아무튼 잘됐다."

파이버가 말했다.

"그러니까 이렇게 된 거로군. 넌 어제 농장에 갔다가 고양이한테 쫓겼어. 그리고 무슨 일을 꾸미고 있는지는 모르지만 그 생각에 빠져서 어젯밤에 홀리에 대해 묻는 것도 잊어버린 거야."

"아, 알았어, 파이버. 다 얘기할게. 핍킨을 데리고 상자 토끼가 있다는 농장에 가 봤어. 그 토끼들을 만나서 이야기를 하다가, 나중에 밤중에 가서 그 토끼들을 구출해 내야겠다고 마음먹었어. 함께 살려고 말야."

"뭐 하러?"

"그중 두 마리는 암토끼거든."

"홀리가 잘만 하면 우리도 곧 암토끼가 많아질 거야. 게다가 상자 토끼는 야생 생활에 잘 적응하지 못한대. 솔직히 말해서 넌 잘난 척하는 멍청이야."

"잘난 척하는 멍청이? 그럼 빅윅하고 블랙베리는 어떻게 생각하는지 들어 볼까?"

"넌 별 가치도 없는 일 때문에 너뿐만 아니라 다른 토끼들 목숨까지 위태롭게 하고 있어. 아, 그래, 친구들은 널 따라가겠지. 넌 족장 토끼잖아. 족장 토끼는 분별 있는 결정을 내려야 마땅하니까 다들 널 믿고 있어. 빅윅하고 블랙베리를 설득하는 것쯤은 아무것도 아니지만 서넛이 죽으면 네가 멍청이라는 게 증명되겠지. 그때는 너무 늦겠지만 말야."

헤이즐이 말했다.

"그만 해. 난 잠 좀 더 자야겠다."

이튿날 아침 실플레이 때 헤이즐은 핍킨의 존경에 찬 맞장구를 받으며 다른 토끼들에게 농장에 갔던 일을 털어놓았다. 예상대로 빅윅은 농장에 쳐들어가 상자 토끼를 구하자는 제안을 열렬히 받아들였다.

"이건 반드시 성공할 거야. 헤이즐, 정말 멋진 생각이다! 우리 문을 어떻게 열지는 모르지만 블랙베리가 알아서 할 거야. 기분 나쁜 건 네가 고양이한테서 도망쳤다는 사실이야. 훌륭한 토끼라면 언제든지 고양이하고 맞붙을 수 있어야 한다구. 우리 어머니도 한번은 고양이하고 맞붙어서 혼쭐을 내준 적이 있어. 가을의 분홍바늘꽃처럼 확 할퀴어 주었다지 뭐야! 농장 고양이는 나랑 다른 토끼 한두 마리면 충분히 해치울 수 있어!"

블랙베리는 설득하기가 조금 어려웠다. 하지만 빅윅이나 헤이즐처럼 블랙베리도 홀리의 원정대에 끼이지 못한 것에 내심 실망하고 있었다. 그러던 차에 헤이즐과 빅윅이 우리 여는 건 자기한테 맡긴다고 하자 함께 가기로 마음먹었다.

블랙베리가 물었다.

"다 데려갈 필요가 있을까? 개는 묶여 있다고 했고 고양이도 많아야 세 마리쯤일걸. 깜깜한 밤인데 너무 많이 가면 귀찮기만 할 거야. 누가 길을 잃으면 찾으러 다녀야 하잖아."

빅윅이 말했다.

"그럼 댄더라이언, 스피드웰, 호크빗만 데려가고 나머지는 남겨 두자. 오늘 밤에 갈 작정이니, 헤이즐-라?"

"응, 빠를수록 좋아. 그 셋을 만나면 전해 줘. 날이 어둡지만 않으면 키하르를 데려가는 건데. 키하르도 분명 좋아할 텐데 말야."

하지만 기대와 달리 그날 밤에는 떠나지 못했다. 땅거미가 지기 전부터 다시 비가 내리면서 언덕 아래 농가 울타리에 핀 쥐똥나무 꽃의 달콤한 향기가 북서풍에 실려 왔다. 헤이즐은 날이 완전히 저물 때까지 둔덕에 앉아 있었다. 밤새 비가 내릴 것이 확실해지자 그제야 모두가 있는 벌집으로 돌아왔다. 키하르는 토끼들의 설득으로 비바람을 피해 벌집에 들어와 있었다. 댄더라이언이 엘-어라이라 이야기를 들려주고 나서 모두 넋을 잃고 빠져 들 만한 놀라운 이야기를 들려주었다. 그것은 프리스 님이 여행을 떠난 사이에 온 세상이 물바다가 되었을 때의 이야기였다. 다행히 한 인간이 물에 뜨는 거대한 상자를 만들어 모든 동물들을 태우고 다니다가 나중에 프리스 님이 돌아와서 모두를 놓아주었다고 한다.

핍킨이 너도밤나무 잎사귀를 때리는 빗소리에 귀를 기울이며 말했다.

"헤이즐-라, 설마 오늘 밤에 그런 일이 일어나지는 않겠지? 여긴 물에 뜨는 상자도 없는데."

블루벨이 말했다.

"걱정 마, 넌 키하르를 타고 달나라까지 갔다가 서리 맞은 자작나무 가지처럼 빅윅의 머리에 내려앉으면 돼. 그건 그렇고 이제 자러 가자."

하지만 파이버는 자기 전에 헤이즐에게 그 문제를 다시 꺼냈다.

"내가 말려도 소용 없는 거야?"

"이봐, 파이버, 또 농장에 대해 불길한 예감이라도 든 거야? 그렇다면 솔직하게 말하지 그래? 그럼 뭐가 문제인지 알 거 아냐."

"농장에 대해서는 별 느낌이 없어. 예감이 늘 느껴지는 건 아니야. 예감이 찾아오면 느끼는 거지. 오소리가 나타났을 때도 까마귀한테 습격당했을 때도 예감 같은 건 없었어. 홀리 일행한테 무슨 일이 있는지도 전혀 모르겠고. 잘될 수도 있고 안 될 수도 있겠지. 하지만 헤이즐 너, 너한테는 불길한 예감이 들어.

155

다른 누구도 아니고 바로 너한테서. 하늘을 등진 삭정이처럼 홀로 서 있는 모습이 너무도 또렷해."

"흠, 다른 토끼는 아니고 나한테 사고가 생길 것 같다면 모두한테 그렇게 말해. 내가 그 일에서 빠질지 말지는 모두의 결정에 맡길 테니까. 하지만 파이버, 그렇게 하면 손해가 커. 네가 설명을 해 줘도 누군가는 내가 무서워서 꽁무니를 뺀다고 생각할 게 뻔하니까."

"내 말은 굳이 위험한 일을 할 필요가 없다는 거야. 홀리가 돌아올 때까지 기다리지 그래? 우린 기다리기만 하면 돼."

"홀리만 기다리고 있을 순 없어. 내가 바라는 건 바로 홀리가 오기 전에 암토끼들을 데려다 놓는 거라구. 그래, 파이버, 이렇게 하자. 이젠 네 말을 믿으니까 아주아주 조심할게. 농가에는 한 발짝도 들여놓지 않을게. 그냥 농가 옆 좁은 길에 남아 있을게. 그렇게 해도 네 마음이 놓이지 않는다면 어떻게 해야 할지 나도 모르겠다."

파이버는 입을 다물었고, 헤이즐은 농장에 침입해서 상자 토끼를 멀리 이 마을까지 데려오려면 어떤 어려움이 있을지 곰곰이 생각에 잠겼다.

이튿날은 날씨가 화창하게 개었고 상쾌한 바람이 눅눅한 기운을 완전히 쓸어 가 버렸다. 헤이즐이 처음으로 이 언덕에 올랐던 5월 어느 날 저녁처럼 구름이 남쪽 등성이 위로 빠르게 흘러왔다. 다만 이 구름은 그때보다 높고 작았으며 마침내는 썰물 때의 잔물결 같은 비늘구름이 되었다. 헤이즐은 빅윅과 블랙베리를 절벽 가장자리로 데려갔다. 거기서는 작은 언덕에 서 있는 너트행어 농장이 훤히 보였다. 헤이즐은 농장으로 가는 길을 설명하고 토끼 우리가 있는 곳을 알려 주었다. 빅윅은 의기충천했다. 바람이 상쾌한 데다 싸울 수 있다는 기대감에 잔뜩 들떠서 빅윅은 댄더라이언, 스피드웰, 호크빗을 불러다 자기가 고양이 역을 할 테니 최대한 진짜처럼 공격하라고 했다. 헤이즐은 파이버의 말 때문에 울적해 있었지만 친구들이 풀밭에서 맞붙어 노는 것을 보고 자기도 끼어들었다. 처음에는 공격하는 토끼가 되었다가 나중에는 고양이 역을 맡아 영락없이 너트행어 농장의 얼룩고양이가 되어 앞을 노려보며 몸을 실룩거렸다.

"이렇게 연습했는데 고양이를 못 만나면 어쩌지?"

댄더라이언은 이렇게 말하면서 자기 차례가 오자 떨어진 너도밤나무 가지에 달려들어 두 번 할퀴고 잽싸게 달아나는 연습을 했다.

"정말 맹수가 된 기분이야."

키하르가 근처 풀밭에서 달팽이를 찾아다니다가 말했다.

"댄도 씨, 조심해. 픽빅 씨 고양이 우습다고 해. 용기 준다. 고양이 안 우습다. 안 보이고 안 들린다. 확 덤빈다!"

빅윅이 말했다.

"키하르, 우린 먹이를 먹으러 농장에 가는 게 아냐. 너랑은 상황이 전혀 다르다구. 우리는 잠시도 방심하지 않고 고양이를 살펴볼 거야."

블루벨이 말했다.

"고양이를 잡아먹으면 어떨까? 한 마리 데려와서 키우든가. 그러면 식량 걱정 없겠다."

헤이즐과 빅윅은 날이 저문 뒤에 농가가 조용해지면 곧바로 침입하기로 결정했다. 그러려면 해질녘에 미리 언덕에서 800미터쯤 떨어진 좁은 길가의 헛간에 숨어 있어야 했다. 헤이즐만 길을 알기 때문에 깜깜해진 다음에 움직이다가는 헤맬 염려가 있었다. 헛간에 있는 스웨덴순무를 훔쳐 먹으며 푹 쉬다가 날이 어두워졌을 때 조금만 가면 농가에 도착할 수 있다. 그리고 나서 고양이만 잘 처리하면 우리 문을 열 시간은 충분하다. 반면 새벽녘에 농가에 도착하게 되면 인간이 오기 전에 처리해야 되므로 시간에 쫓기게 될 것이다. 결국 다음 날 아침에야 상자 토끼를 구해 낼 수 있다는 이야기다.

헤이즐이 말했다.

"그리고 명심해. 상자 토끼들을 마을까지 데려오려면 시간이 걸릴 거야. 그러니 마음을 느긋하게 먹어야 해. 엘릴이 있든 없든 간에 깜깜할 때 데려왔으면 해. 훤한 대낮에 우왕좌왕하긴 싫으니까."

빅윅이 말했다.

"최악의 경우엔 상자 토끼를 버리고 내빼. 엘릴은 맨 뒤에 처진 놈을 잡지 않겠어? 매정한 일이긴 하지만 진짜 위험이 닥치면 우리부터 살아야지. 뭐, 그런 일이 없기를 바라지만."

출발할 무렵 파이버는 아무 데도 보이지 않았다. 헤이즐은 한시름 놓았다. 파이버가 사기를 꺾는 소리를 할까 봐 은근히 걱정했는데. 가장 골치 아픈 일은 뒤에 남겨져서 실망하는 핍킨을 달래는 일이었다. 헤이즐이 핍킨에게 넌 이미 제 몫을 다 했기 때문에 데려가지 않는 것뿐이라고 달래 주자 그제야 핍킨은 마음을 풀었다. 블루벨과 에이콘과 핍킨이 언덕 기슭까지 배웅 나와 헤이즐 일행이 산울타리로 내려가는 모습을 지켜보았다.

토끼들은 땅거미가 질 무렵 헛간에 도착했다. 여름밤은 올빼미 울음소리에도 흐트러짐 없이 고요하여, 먼 숲에서 이따금 "츄, 츄, 츄!" 하는 나이팅게일의 단조로운 울음소리까지 또렷이 들려왔다. 스웨덴순무 더미 속에서 쥐 두 마리가 이빨을 드러냈지만 상대가 안 되겠다 싶었는지 공격하지 않았다. 토끼들은 배를 채우고 나서 서쪽 하늘이 완전히 어두워질 때까지 짚더미 속에서 편히 쉬었다.

토끼는 별에 이름을 붙이지 않지만 그래도 헤이즐은 카펠라가 떠오르는 광경을 늘 보아 왔다. 그리고 이제 농가 오른쪽 캄캄한 북동쪽 지평선 위로 황금빛 카펠라가 떠오르기를 기다렸다. 그 별이 헤이즐이 정해 둔 지점, 그러니까 어떤 가지 옆에 이르자 헤이즐은 친구들을 깨워 느릅나무를 향해 비탈을 올라갔다. 비탈 꼭대기에 가까워지자 헤이즐은 친구들을 데리고 산울타리를 빠져나가 좁은 길로 들어섰다.

헤이즐은 위험한 일을 하지 않기로 파이버와 약속한 사실을 빅윅에게 미리 말해 두었다. 빅윅도 예전과 많이 달라져서 비난하지는 않았다.

"파이버가 그렇게 말했다면 그대로 따르는 게 좋겠다. 어쨌거나 그 편이 더 어울려. 넌 농가 바깥의 안전한 곳에 있고 우리가 상자 토끼를 데려오는 거야. 거기서부터는 네가 책임지고 우리를 이끌고 가면 되잖아."

사실 좁은 길에 남아 있겠다고 한 건 헤이즐 자신이었고, 파이버는 아무리 말려도 헤이즐이 고집을 꺾지 않을 줄 알고서 입을 다물어 버린 것뿐이지만, 헤이즐은 그런 사실까지 빅윅에게 말하지는 않았다.

헤이즐은 길가에 떨어진 나뭇가지 밑에 웅크린 채 빅윅을 따라 농가로 가는 친구들을 지켜보았다. 토끼들은 늘 그렇듯이 깡충깡충 뛰어가다 멈추기를 되풀이하며 천천히 나아갔다. 어두운 밤이라 친구들의 모습은 금세 보이지 않았지만 기다란 창고 옆을 지나가는 소리는 들을 수 있었다. 헤이즐은 편하게 자리를 잡고 기다렸다.

고양이와 한판 붙고 싶다던 빅윅의 소원은 금방 이루어졌다. 빅윅은 창고 끄트머리에 이르러 고양이와 마주쳤다. 그 고양이는 헤이즐이 만난 얼룩고양이가 아니라 황갈색과 검정색과 흰색이 섞인 고양이였다(따라서 암코양이이다). 날씬하며 동작이 날쌔고, 꼬리를 실룩이며 종종걸음 치고, 비 오는 날 농가 창턱에 앉아 있거나 화창한 오후에 곡식 부대 위에 앉아서 주위를 살피는 그런 고양이 가운데 하나였다. 고양이는 활기차게 창고 모퉁이를 돌아 나오다가 토끼들을 보고 그대로 멈춰 섰다.

빅윅은 너도밤나무 가지를 상대로 연습할 때처럼 당장 고양이에게 달려들었다. 하지만 댄더라이언이 앞질러 나가 고양이를 할퀴고는 잽싸게 물러났다. 잇달아 반대편에서 빅윅이 온몸의 무게를 실어 고양이를 덮쳤다. 고양이가 물고 할퀴자 빅윅이 땅바닥으로 나뒹굴었다. 빅윅은 마치 고양이처럼 욕을 퍼부으며 힘겹게 몸을 일으켰다. 그러고는 뒷다리로 고양이 옆구리를 걷어차더니 재빨리 뒷발질을 몇 번 더 했다.

고양이를 잘 아는 사람은 알겠지만 고양이는 마음먹고 달려드는 적을 좋아하지 않는다. 개가 고양이를 재미로 건드렸다가는 된통 할퀴어지기 십상이다. 하지만 같은 개가 공격하겠다고 달려들면 고양이는 대개 그 자리를 피해 버린다. 그 고양이 역시 빅윅이 민첩하고 격렬하게 공격해 오자 당황했다. 그 고양이는 약하지도 않고 쥐도 잘 잡았지만, 운 나쁘게도 싸우고 싶어서 좀이 쑤시는 열성적인 싸움꾼을 만난 것이다. 고양이가 빅윅한테서 허둥지둥 빠져나오자마자 스피드웰이 고양이의 얼굴을 후려쳤다. 그것이 마지막 공격이었다. 다친 고양이는 마당으로 달아나 외양간 울타리 밑으로 사라져 버렸다.

빅윅의 뒷다리 안쪽에 세 줄로 생긴 고양이 발톱 자국에서 피가 흘렀다. 다른 토끼들이 모여들어 칭찬했지만, 빅윅은 말을 자르고는 캄캄한 마당을 둘러보며 위치를 확인했다.

"가자. 개가 짖지 않는 동안 빨리 찾아야 돼. 헛간, 토끼 우리, 어느 쪽으로 가야 하지?"

호크빗이 작은 뜰을 발견했다. 헤이즐은 헛간 문이 닫혀 있으면 어쩌나 걱정했지만, 다행히 문은 살짝 열려 있어서 다섯 토끼는 한 마리씩 차례로 들어갔다. 너무 깜깜해서 토끼 우리는 보이지 않았지만, 토끼 냄새도 나고 소리도 들렸다.

빅윅이 재빨리 말했다.

"블랙베리, 나랑 같이 가서 문을 열자. 너희 셋은 망을 봐. 다시 고양이가 나타나면 너희들끼리 처리해."

댄더라이언이 대답했다.

"좋아. 우리한테 맡겨 둬."

빅윅과 블랙베리는 짚단을 발견하자 그것을 딛고 나무 선반으로 올라갔다. 선반에 올라가니 우리 안에서 박스우드가 말을 걸었다.

"누구야? 헤이즐-라 너니?"

블랙베리가 말했다.

"헤이즐-라가 보내서 왔어. 너희를 꺼내 줄게. 우리랑 같이 갈래?"

잠시 아무 소리도 없다가 건초 속에서 누가 움직이는 것 같더니 클로버가 대답했다.

"네, 나가고 싶어요."

블랙베리는 냄새를 맡으며 뒤쪽으로 돌아가 철망 문 앞에 곧추서서 문짝과 걸쇠의 냄새를 맡았다. 잠시 뒤에 블랙베리는 가죽 경첩이 부드러워서 물어뜯을 만하다는 것을 알아냈다. 하지만 막상 해 보니까 가죽 경첩이 문짝에 착 달라붙어 있어서 이빨로 물 수가 없었다. 블랙베리는 몇 번이고 시도하다가 결국 멍하니 주저앉았다.

"이 문은 아무래도 안 될 것 같아. 다른 방법이 없을까?"

그때 마침 박스우드가 뒷다리로 서서 앞발을 철망에 기댔다. 그 무게 때문에 문 위쪽이 바깥쪽으로 약간 밀리면서 가죽 경첩 두 개 중 위쪽 것이 살짝 들떴다. 박스우드가 앞발을 내리자 블랙베리는 경첩이 들뜨면서 문짝과 사이가 벌어진 것을 알아차렸다.

블랙베리가 빅윅에게 말했다.

"이제 해 봐."

빅윅이 이빨로 경첩을 물어서 잡아당겼다. 가죽이 조금 찢어졌다.

"됐다. 이제 시간만 있으면 돼."

이렇게 말하는 블랙베리는 꼭 살라망카 전투에서 승리한 웰링턴 공작 같았다.

경첩은 워낙 튼튼해서 한참을 물고 잡아당겨도 떨어지지 않았다. 댄더라이언은 조바심이 나서 두 번이나 잘못된 경보를 알렸다. 빅윅은 댄더라이언이 아무것도 안 하고 망만 보느라 신경이 예민해진 것을 알아차리고, 자기는 댄더라이언과 교대하고 블랙베리도 스피드웰과 교대시켰다. 이윽고 댄더라이언과 스피드웰이 위쪽 가죽을 뜯어내자 빅윅이 우리 있는 곳으로 돌아왔다. 하지만 별 진전이 없는 것 같았다. 우리 안에서 토끼가 일어나 철망에 앞발을 걸칠 때마다 문은 걸쇠와 아래쪽 경첩을 축으로 살짝 돌았다. 하지만 아래쪽 경첩은 꿈쩍도 하지 않았다. 빅윅은 초조해져서 수염을 훅 불며 문가에서 망을 보던 블랙베리를 데려왔다.

"어떡하지? 마법이 필요해, 네가 강에서 띄운 나뭇조각 같은."

블랙베리가 우리 문을 살펴보고 있는데 박스우드가 안에서 다시 문을 밀었다. 아래쪽 경첩이 들뜨도록 문짝을 세게 밀었지만 경첩이 여전히 문짝에 찰싹 달라붙어 있어서 이빨로 물 수가 없었다.

블랙베리가 말했다.

"반대로 밀어 봐. 밖에서 미는 거야. 빅윅 네가 해 봐. 안에 있는 토끼한테는 가만히 있으라고 하고."

빅윅이 일어나 문 위쪽을 밀자 문짝이 아까보다 훨씬 더 안쪽으로 기울어졌다. 문지방이 없어서 문짝이 기우는 것을 막아 줄 것이 없었기 때문이다. 가죽 경첩이 비틀리면서 빅윅은 앞으로 고꾸라질 뻔했다. 걸쇠가 문짝을 버텨 주지 않았다면 빅윅은 우리 속에 처박혔을지도 모른다. 빅윅은 깜짝 놀라 으르렁거리며 뒤로 물러났다.

블랙베리가 만족스러운 듯이 말했다.

"마법을 부려 보라고 했잖아? 다시 한 번 해 봐."

가죽 경첩은 양 끝에 대갈못 하나씩만 박혀 있어서 자꾸 비틀자 오래가지 못했다. 얼마 안 있어 한쪽 못 대가리가 너덜너덜해진 가죽에 가려 잘 보이지도 않았다.

블랙베리가 말했다.

"이제 조심해. 갑자기 경첩이 끊어지면 너라도 휙 날아가 버릴 거야. 살살 물어뜯어."

2분 뒤에 문짝은 걸쇠에 매달려 축 늘어졌다. 클로버가 경첩이 붙어 있던 쪽을 밀고 나오자 박스우드가 따라 나왔다.

인간이든 동물이든 오랜 실랑이 끝에 힘든 상대를 쓰러뜨리고 나면 잠시 아무것도 하지 못한다. 마치 잘 싸워 준 적에게 마땅히 경의를 표해야 한다는 듯이 말이다. 아름드리 나무가 우지끈 소리를 내며 기울어지다가 마침내 지축을 뒤흔들며 쿵하고 쓰러진다. 그러면 벌목꾼들은 할 말을 잃고 잠시 그대로 서 있는다. 몇 시간 동안 어마어마한 눈을 치우고 난 일꾼들은 자기들을 따뜻한 집으로 데려다 줄 트럭이 기다리고 있는데도 한동안 삽에 기댄 채 가만히 서 있기만 한다. 자동차 운전수들이 고맙다고 손 흔들며 지나가도 웃지도 않고 고개만 끄덕이면서. 그토록 애먹이던 우리 문은 이제 철망이 붙어 있는 막대기 네 개짜리 틀에 지나지 않았다. 토끼들은 아무 말 없이 나무 선반에 앉아 문짝에 코를 대 보거나 냄새를 맡았다. 잠시 뒤 로럴과 헤이스택도 머뭇거리며 우리에서 나와 주위를 두리번거렸다.

로럴이 물었다.

"헤이즐-라는 어디 있어?"

블랙베리가 대답했다.

"멀지 않은 곳에 있어. 길에서 우릴 기다리고 있어."

"길이 뭐야?"

블랙베리는 깜짝 놀라서 되물었다.

"길? 정말로……."

블랙베리는 이 토끼들이 길도 농장 앞뜰도 모른다는 사실을 깨닫고 할 말을 잃었다. 이 토끼들은 토끼장에서 한 발짝만 나가도 뭐가 뭔지 몰랐다. 이것이 어떤 결과를 가져올지 생각하고 있는데 빅윅이 말했다.

"꾸물거릴 시간 없어. 모두 따라와."

박스우드가 물었다.

"어디로?"

빅윅이 짜증스럽게 말했다.

"그야 여기서 나가는 거지."

"잘 모르겠는……."

166

박스우드가 주위를 두리번거리며 우물거리자 빅윅이 말을 잘랐다.

"나는 아니까 괜찮아. 그냥 우리만 따라오면 돼. 다른 건 걱정하지 마."

상자 토끼들은 어쩔 줄 몰라 하며 서로를 쳐다보았다. 다들 머리털이 특이하게 북슬거리고 피 냄새를 풍기는 이 덩치 크고 우락부락한 수토끼를 무서워하는 눈치였다. 상자 토끼들은 이제 어떻게 해야 할지, 이 야생 토끼들이 자기들에게 무엇을 기대하는지도 몰랐다. 상자 토끼들은 헤이즐이 생각났다. 이들은 문을 여는 과정에서 흥분했고, 일단 문이 열리자 호기심에 이끌려 밖으로 나와 보았다. 하지만 그것 말고는 아무런 목적도 없고 목적을 생각해 낼 줄도 몰랐다. 무턱대고 등산가들을 따라가겠다고 하는 어린아이처럼 아무 생각이 없었다.

블랙베리는 맥이 탁 풀렸다. 이 토끼들을 어떻게 하면 좋을까? 그냥 내버려 두고 가면 헛간이나 뜰에서 느릿느릿 돌아다니다가 고양이한테 당하고 말 것이다. 이들이 언덕까지 가는 것은 달까지 날아가는 것과 마찬가지로 불가능했다. 이 토끼들을, 다만 한두 마리라도 따라나서게 할 간단한 방법이 없을까? 블랙베리는 클로버를 돌아보았다.

"당신들은 밤에 풀을 먹어 보지 못했겠군요. 낮에 먹는 것보다 훨씬 맛있어요. 다 같이 나가서 먹지 않을래요?"

클로버가 대답했다.

"그래, 가요. 나도 먹어 보고 싶어요. 하지만 괜찮을까요? 우린 고양이가 너무 무서워요. 이따금 우리 앞에 와서 철망 사이로 가만히 노려보기만 해도 소름이 쫙 끼치는걸요."

블랙베리는 이제부턴 말이 좀 통하겠구나 생각하고 말했다.

"저 덩치 큰 토끼는 고양이하고 싸워도 지지 않아요. 오늘 밤에도 여기 오는 길에 한 마리를 반쯤 죽여 놓고 왔죠."

빅윅이 씩씩하게 말했다.

"그 토끼는 이제 고양이 같은 거랑은 싸우고 싶지 않다는군요. 그러니 정말로 달빛을 받으며 풀을 먹고 싶다면 헤이즐-라가 기다리는 곳으로 갑시다."

앞장서서 뜰로 나온 빅윅은 아까 혼쭐을 내준 고양이가 장작더미에서 지켜보고 있는 것을 알아차렸다. 그 고양이는 고양이답게 토끼들한테 흥미가 끌려 눈길을 떼지 못하면서도 다시 맞붙을 배짱은 없는지 토끼들이 지나가도록 꼼짝 않고 있었다.

토끼들이 나아가는 속도는 끔찍하게 느렸다. 박스우드와 클로버는 위급한 상황임을 느꼈는지 최선을 다해 따라왔다. 그러나 다른 두 토끼는 뜰로 나오자마자 어쩔 줄 몰라 하며 곧추앉아 멍청하게 주위만 할끔거렸다. 한동안 꾸물대고 있는 사이 장작더미에 있던 고양이는 살그머니 헛간 옆쪽으로 다가가기 시작했다. 블랙베리는 가까스로 두 토끼를 마당까지 데리고 나왔다. 그런데 두 토끼는 더 널찍한 곳으로 나오자, 등산에 익숙하지 않은 사람이 깎아지른 듯한 암벽에 맞닥뜨린 것처럼 공포로 얼어붙었다. 둘 다 그대로 얼어붙어서 아무리 블랙베리가 달래고 빅윅이 으름장을 놓아도 알아차리지 못하고 눈만 깜박거리며 컴컴한 주위를 둘러보았다. 그 순간 헤이즐이 만났던 얼룩고양이가 집 저편에서 나타나 토끼들 쪽으로 다가왔다. 고양이가 개집 앞을 지나가자, 개가 잠에서 깨어나 고개와 어깨를 내밀고 이쪽저쪽을 살폈다. 토끼를 발견한 개는 줄이 팽팽히 당겨지도록 달려 나와 컹컹 짖어 댔다.

빅윅이 말했다.

"서둘러! 여기 있으면 안 돼. 모두 좁은 길로 가. 어서."

블랙베리와 스피드웰과 호크빗은 얼른 박스우드와 클로버를 데리고 컴컴한 창고 밑으로 뛰어들었다. 댄더라이언은 언제 고양이 발톱이 등을 할퀼지 조마조마해하며 헤이스택에게 빨리 도망치자고 애원했다. 빅윅이 달려왔다.

빅윅이 속삭였다.

"댄더라이언, 죽고 싶지 않으면 그냥 두고 와!"

"하지만……."

댄더라이언은 우물쭈물했지만 빅윅은 단호했다.

"시키는 대로 해!"

무시무시한 개 짖는 소리에 빅윅도 겁이 났다. 댄더라이언은 잠깐 머뭇거렸다. 그러다가 결국 헤이스택을 버려 두고 빅윅과 함께 좁은 길로 쏜살같이 달아났다.

다른 토끼들은 둔덕 아래 헤이즐 주위에 모여 있었다. 박스우드와 클로버는 덜덜 떨고 있었고 지칠 대로 지쳐 보였다. 헤이즐은 두 토끼를 안심시키고 있다가 어둠 속에서 빅윅이 나타나자 말을 그쳤다. 개 짖는 소리가 멎자 사방은 쥐 죽은 듯이 조용해졌다.

빅윅이 말했다.

"다 왔어. 이만 갈까, 헤이즐?"

헤이즐이 물었다.

"상자 토끼는 넷이었어. 나머지 둘은 어디 있어?"

블랙베리가 대답했다.

"마당에. 걔네들이 꼼짝도 안 하는 거야. 게다가 개까지 짖어 대서 말야."

"그래, 나도 들었어. 그럼 그 토끼들도 우리에서 나왔단 말야?"

빅윅이 화를 내며 말했다.

"다시는 우리에 못 돌아갈걸, 고양이가 있으니까."

"그런데 왜 두고 왔어?"

"꼼짝도 안 하잖아. 개가 짖어 대기 전부터 한심했다구."

"개는 묶여 있지 않아?"

"물론 묶여 있지. 하지만 성난 개가 바로 앞에 있으면 누구라도 도망치지 않고는 못 배길걸."

"그래, 물론 그렇겠지. 빅윅 넌 훌륭했어. 네가 고양이를 혼내 주어서 고양이가 두 번 다시 덤벼들지 못했다는 얘기 들었어. 자, 너랑 블랙베리랑 스피드웰이랑 호크빗이 이 두 토끼를 데리고 마을에 갈 수 있겠니? 밤새도록 가야 할지도 몰라. 이 토끼들은 빨리 못 뛰니까 마음 느긋하게 먹고 데려가야 할 거야. 댄더라이언, 넌 나랑 함께 가지 않을래?"

댄더라이언이 되물었다.

"어디를?"

"나머지 둘을 데리러. 너는 누구보다 빠르니까 별로 위험하지 않겠지? 자, 빅윅, 어서 가야지. 내일 보자."

헤이즐은 빅윅이 대답할 겨를도 없이 느릅나무 밑으로 사라졌다. 댄더라이언은 따라가지 않고 망설이는 눈빛으로 빅윅을 바라보았다.

빅윅이 물었다.

"헤이즐 말대로 할 거야?"

댄더라이언이 되물었다.

"글쎄, 넌 어때?"

다음 순간 빅윅은 자기가 싫다고 하면 모든 일이 엉망진창이 될 거라는 사실을 깨달았다. 모두를 데리고 농장으로 갈 수도 없고 여기 남겨 둘 수도 없다. 빅윅은 헤이즐이 재수 없을 만큼 영리하다고 투덜거리더니, 호크빗이 우물거리던 방가지똥을 탁 잡아채서 던져 버리고는 다섯 토끼를 이끌고 둔덕을 넘어 들판으로 내려갔다. 혼자 남은 댄더라이언은 헤이즐을 뒤쫓아 농가 마당으로 달려갔다.

　창고를 따라가 보니 탁 트인 곳에서 헤이즐과 암토끼 헤이스택의 기척이 들렸다. 상자 토끼들은 아까 그 자리에 그대로 있었다. 개는 집으로 들어가 있었다. 보이지는 않아도 개가 자지 않고 바깥을 살피고 있는 것이 느껴졌다. 댄더라이언은 살금살금 어둠 속에서 나와 헤이즐에게 다가갔다.

　헤이즐이 말했다.

　"헤이스택이랑 얘기하고 있어. 조금만 가면 된다고 말해 주었어. 저쪽에 있는 로럴을 이리로 데려올 수 있겠니?"

　헤이즐은 명랑하게 말하고 있었지만, 댄더라이언은 헤이즐의 동공이 커지고 앞발이 파르르 떨리는 것을 놓치지 않았다. 댄더라이언도 이제 공기 중에서 뭔가 독특한 것, 일종의 빛 같은 것을 감지하고 있었다. 멀리서 이상한 진동이 느껴졌다. 고양이를 찾아보았더니 두려워했던 대로 두 마리가 조금 떨어진 농가 앞에 웅크리고 있었다. 빅윅한테 혼쭐이 난 탓에 다가오지는 못했지만, 그 자리를 떠날 생각도 없어 보였다. 마당 건너편의 고양이를 쳐다보다가 갑자기 댄더라이언은 공포에 사로잡혔다.

　댄더라이언이 속삭였다.

　"헤이즐! 고양이가 있어! 오, 프리스 님! 쟤들 눈은 왜 저렇게 초록색으로 빛나지? 저것 봐!"

　헤이즐이 얼른 일어나 앉자 댄더라이언은 소름 끼치는 공포

172

로 펄쩍 물러났다. 어둠 속에서 헤이즐의 눈이 시뻘겋게 이글거리고 있었던 것이다. 그때 웅웅거리던 진동음이 커지면서 느릅나무에 부는 밤바람 소리를 삼켜 버렸다. 그러자 네 토끼모두 별안간 소나기처럼 퍼붓는 빛줄기에 눈이 먼 채 얼어붙은 듯 앉아 있었다. 이 무섭도록 강렬한 빛 때문에 본능 자체가 마비된 것이다. 개가 컹컹 짖어 대더니 조용해졌다. 댄더라이언은 움직이려 했지만 꿈쩍도 할 수 없었다. 그 강렬한 빛이 머릿속까지 파고드는 것 같았다.

자동차가 좁은 길을 따라 언덕을 올라와 느릅나무 밑을 지나 몇 미터쯤 오더니 멈추어 섰다.

"저기 봐, 루시의 토끼가 나와 있어!"

"아이구, 빨리 잡아. 불 끄지 말고!"

강렬한 빛 너머에서 들려오는 인간의 목소리에 헤이즐은 퍼뜩 정신이 들었다. 눈은 보이지 않았지만 귀와 코는 멀쩡했다. 눈을 감자 자기가 어디에 있는지 금방 알 수 있었다.

"댄더라이언! 헤이스택! 눈 감고 뛰어!"

곧이어 창고를 받치고 있는 주춧돌에서 서늘한 습기가 느껴지고 이끼 냄새가 났다. 어느새 헤이즐은 창고 밑에 들어가 있었다. 가까운 곳에 댄더라이언이 있고 조금 떨어진 곳에 헤이스택이 있었다. 바깥에서는 돌바닥을 밟고 지나가는 인간의 장화 소리가 요란하게 났다.

"그래! 뒤로 돌아가!"

"멀리 못 갈 거야."

"그럼 붙잡아!"

헤이즐이 헤이스택에게 다가가 말했다.

"로럴은 두고 가야 할 것 같아요. 나만 따라와요."

세 토끼는 창고 밑을 지나 느릅나무들 쪽으로 달아났다. 뒤쪽에서 인간들의 목소리가 들렸다. 토끼들이 좁은 길 근처 풀밭으로 나와 보니 헤드라이트 뒤쪽 어둠 속에서 배기 가스 냄새가 진동했다. 그 역겹고 숨 막히는 냄새 때문에 토끼들은 더욱 혼란스러웠다. 헤이스택은 다시 주저앉아서 누가 뭐라고 해도 꼼짝하지 않았다.

댄더라이언이 말했다.

"두고 가야 하지 않을까, 헤이즐-라? 어쨌거나 인간들이 다치게 하진 않을 거야. 로럴은 붙잡아서 도로 우리에 데려가던데."

헤이즐이 말했다.

"수토끼라면 그러자고 하겠어. 하지만 이 암토끼는 데려가야 해. 그것 때문에 온 거잖아."

그때 인간들이 태우는 하얀 막대기 냄새가 나더니 마당으로 돌아오는 발소리가 들렸다. 자동차 안에서 뭔가를 찾는지 쇠붙이 부딪치는 소리가 났다. 그 소리에 헤이스택은 정신이 든 것 같았다.

헤이스택이 댄더라이언을 돌아보며 말했다.

174

"우리로 돌아가지 않을 거예요."

댄더라이언이 물었다.

"정말로?"

"네, 당신들이랑 함께 갈래요."

댄더라이언은 당장 산울타리 쪽으로 향했다. 산울타리를 지나 도랑에 이르렀을 때야 비로소 처음에 왔던 길과 반대쪽으로 나왔음을 깨달았다. 그 도랑은 처음 와 본 곳이었다. 하지만 걱정하지 않아도 될 것 같았다. 도랑을 따라 비탈을 내려가면 마을로 가는 길이 나올 것이다. 댄더라이언은 헤이즐이 따라오기를 기다리며 천천히 나아갔다.

헤이즐은 댄더라이언과 헤이스택보다 조금 늦게 좁은 길을 건넜다. 뒤쪽에서는 사람들이 흐루두두에서 멀어져 가는 소리가 들렸다. 헤이즐이 둔덕에 올라갔을 때 손전등 불빛에 산울타리 속으로 사라지는 헤이즐의 빨간 눈과 하얀 꼬리가 드러났다.

"저기 야생 토끼가 있다!"

"정말! 우리 토끼도 멀리 가지 않았겠군. 저기로 올라가지 않았을까? 가서 살펴보자."

도랑에 들어간 헤이즐은 가시나무 덤불 밑에서 댄더라이언과 헤이스택을 따라잡았다.

"빨리 도망쳐. 인간이 쫓아와!"

댄더라이언이 말했다.

"도랑 밖으로 나가야 계속 갈 수 있어. 도랑이 막혀 있단 말이야."

헤이즐은 앞쪽의 냄새를 맡아 보았다. 가시나무 덤불 바로 너머는 흙과 잡초와 쓰레기로 막혀 있었다. 밖으로 나갈 수밖에 없었다. 벌써 인간들이 둔덕으로 올라와 손전등으로 산울타리를 이리저리 비추고 토끼들이 숨어 있는 가시나무 덤불을 비추었다. 그러더니 겨우 몇 미터 떨어진 곳에서 도랑 가를 따라 다가오는 발소리가 울렸다.

헤이즐은 댄더라이언을 돌아보았다.

"잘 들어, 내가 들판을 가로질러 맞은편 도랑으로 뛰어가면 인간들이 날 볼 거야. 불빛이 나한테 쏟아질 게 틀림없어. 그 사이에 너랑 헤이스택은 둔덕으로 올라가서 좁은 길로 들어가 스웨덴순무가 있던 헛간으로 도망치는 거야. 거기 숨어 있으면 나도 곧 따라갈게. 알았지?"

이것저것 따질 겨를이 없었다. 헤이즐은 곧장 인간들 발치를 쏜살같이 지나 들판으로 내달렸다.

"저기다!"

"불을 계속 비춰. 놓치지 마!"

댄더라이언과 헤이스택은 허둥지둥 둔덕을 넘어 좁은 길로 내려갔다. 손전등 불빛에 쫓기며 맞은편 도랑에 이른 헤이즐은 순간 뒷다리에 날카로운 충격이 느껴지고 옆구리가 타는 듯이 얼얼하게 아팠다. 그 순간 총소리가 들렸다. 헤이즐은 해질

녘의 콩꽃 향기를 생생히 떠올리며 도랑 바닥의 쐐기풀 속으로 곤두박질쳤다. 인간들이 총을 갖고 있을 줄은 미처 몰랐다.

헤이즐은 다친 다리를 질질 끌면서 힘겹게 쐐기풀 속을 지나갔다. 이제 곧 손전등 불빛이 헤이즐을 찾아낼 것이다. 헤이즐은 피가 흘러 발을 흥건히 적시는 것을 느끼며 도랑을 따라 비틀비틀 걸어갔다. 그때 한쪽 코끝에 찬 바람이 느껴지면서 퀴퀴하게 썩은 냄새가 풍기고 속이 비어 울리는 소리가 들렸다. 바로 옆에 도랑과 연결된 하수구가 있었다. 하수구 안은 매끄럽고 선뜩했는데 토끼굴보다 좁지만 들어갈 수 있을 것 같았다. 헤이즐은 귀를 찰싹 붙이고 축축한 바닥에 납작 엎드린 채 앞쪽에 얄팍하게 쌓인 진흙을 밀며 하수구로 들어갔다. 죽은 듯이 가만히 있는데 저벅저벅 장화 소리가 다가왔다.

"어이, 존, 진짜 맞힌 거야?"

"진짜 맞았다니까. 봐, 저기 핏자국이 있잖아."

"아, 그래. 하지만 저것만으로는 알 수 없어. 벌써 멀리 도망갔을지도 몰라. 아무래도 놓친 것 같아!"

"쐐기풀 속에 있는 것 같은데."

"어디 보자."

"아니, 없어."

"제길, 밤새도록 찾아다닐 수도 없고. 우리에서 막 나왔을 때 잡아야 하는 건데. 총을 쏘는 게 아니었어, 존. 총소리에 놀라 도망가 버렸잖아. 내일 다시 한 번 찾아보자."

177

다시 정적이 찾아왔지만, 헤이즐은 찬 바람이 지나가는 하수구 안에 꼼짝 않고 있었다. 막막한 피로감이 덮쳐 오자 온몸에 쥐가 나고 욱씬거리는 가운데 몽롱하고 무감각한 마비 상태로 빠져 들었다. 잠시 뒤 하수구에서는 인간들이 짓밟고 떠난 도랑으로 실오라기 같은 핏물이 흘러내렸다.

*

빅윅은 헛간 짚더미 속에서 블랙베리와 바짝 붙어 웅크리고 있다가, 200미터쯤 떨어진 길 위쪽에서 총소리가 울리자 반사적으로 도망칠 듯이 펄쩍 뛰었다. 하지만 얼른 정신을 차리고 다른 토끼들을 돌아보았다.

"도망가지 마! 어차피 도망갈 곳도 없잖아? 여긴 굴도 없다구!"

블랙베리가 흰자위를 드러내며 말했다.

"총 있는 데서 멀리……."

빅윅이 귀를 쫑긋 세우며 말했다.

"가만! 지금 오나 보다. 안 들려?"

조금 있다가 블랙베리가 대답했다.

"두 마리 발소리밖에 안 들리는데. 한 마리는 몹시 지친 것 같아."

둘은 서로 마주 보며 기다렸다. 빅윅이 다시 일어났다.

"모두 여기 있어. 내가 데려올게."

178

길가로 나가 보니 댄더라이언이 지쳐서 걷지도 못하는 헤이스택을 다그치고 있었다.

빅윅이 말했다.

"빨리 들어와. 대체 헤이즐은 어디 있는 거야?"

댄더라이언이 대답했다.

"인간들 총에 맞았어."

그들은 헛간으로 들어와 나머지 다섯 토끼를 만났다. 누가 묻기도 전에 댄더라이언이 이야기를 시작했다.

"놈들이 헤이즐을 쐈어! 로럴을 붙잡아 우리에 가두어 놓고는 우리를 쫓아오는 거야. 도랑으로 도망치다 보니까 앞이 막혀 있잖아. 그래서 헤이즐이 인간의 주의를 끌려고 도랑에서 뛰쳐나가고 우리는 도망쳤어. 설마 총을 가지고 있을 줄은 몰랐지."

스피드웰이 물었다.

"헤이즐이 죽은 거 확실해?"

"총에 맞는 건 못 봤지만 인간들이 헤이즐을 바짝 쫓아가고 있었어."

빅윅이 말했다.

"좀 더 기다려 보자."

토끼들은 한참 동안 헤이즐을 기다렸다. 기다리다 못해 빅윅과 댄더라이언이 살금살금 도랑에 가 보았다. 도랑에 발자국이 마구 나 있고 핏자국이 보이자 다시 돌아와서 그 사실을 알렸다.

언덕으로 돌아오는 길은 제대로 걷지도 못하는 상자 토끼들 때문에 두 시간도 더 걸렸다. 모두 의기소침하고 비참한 심정이었다. 마침내 언덕 기슭에 이르자 빅윅은 블랙베리와 스피드웰과 호크빗더러 먼저 마을로 가라고 했다. 첫새벽 빛 속에서 세 토끼가 너도밤나무 숲으로 다가가는데 누군가 이슬 젖은 풀밭을 달려 나왔다. 파이버였다. 블랙베리는 파이버 옆에서 걸음을 멈추었지만 스피드웰과 호크빗은 그냥 말없이 마을로 들어갔다.

"파이버, 나쁜 소식이야. 헤이즐이……."

"알아, 방금 알았어."

블랙베리는 깜짝 놀라서 물었다.

"어떻게 알았어?"

파이버는 아주 조그맣게 말했다.

"너희들 셋이 방금 풀밭을 지나올 때 어떤 토끼가 피투성이가 된 채 절름거리며 따라오고 있었어. 누구인지 보려고 뛰어나왔더니 너희들만 나란히 오고 있는 거야."

파이버는 말을 멈추었다. 그리고는 새벽 어스름 속에 사라진 피투성이 토끼를 찾는 듯 언덕을 바라보았다. 파이버는 블랙베리한테서 아무 말이 없자 다시 물었다.

"어떻게 된 거야?"

블랙베리의 이야기가 끝나자 파이버는 마을로 가서 자기 굴

180

로 들어가 버렸다. 잠시 뒤 빅웍이 상자 토끼들을 데리고 올라와서는 당장 모두 벌집으로 모이라고 했다. 파이버는 나타나지 않았다.

새로 온 토끼들한테는 침울한 환영식이었다. 블루벨조차 재미있는 말을 생각해 내지 못했다. 댄더라이언은 헤이즐이 도랑에서 뛰쳐나갈 때 막았어야 했다며 몹시 슬퍼했다. 결국 다들 울적한 채 말도 없이 흩어졌고 실플레이도 하는 둥 마는 둥 했다.

그날 아침 느지막이 홀리가 절름거리며 마을로 돌아왔다. 함께 간 토끼들 가운데 실버만 다친 곳도 없고 정신도 말짱했다. 벅손은 얼굴에 상처를 입었고, 스트로베리는 부들부들 떨고 있었으며 극심한 피로로 병들어 있었다. 그들이 데려온 토끼는 한 마리도 없었다.

26 파이버의 영감

고생스런 여행길에 오른 주술사는 어두컴컴한 숲과
험준한 산악 지대를 헤매다가 …… 땅속에 난 입구에 이른다.
이 모험에서 가장 힘든 고비가 이제 시작된다.
깊은 땅속의 저승 세계가 눈앞에 열린 것이다.

조셉 캠벨의 〈천의 얼굴을 가진 영웅〉에 인용된 우노 하바의 글

파이버는 굴속에 누워 있었다. 바깥 언덕은 쨍쨍 내리쬐는 한
낮의 땡볕 속에 고요하기만 했다. 풀잎에 맺힌 이슬과 거미줄
은 일찌감치 사라지고 오전 중반쯤 되자 되새 소리도 들리지
않았다. 아무도 없는 억센 풀밭 위로 공기가 아른거렸다. 토끼
마을로 이어지는 오솔길에는 물기를 머금은 듯한, 아니 신기
루 같은 빛살들이 짧고 평탄한 풀밭으로 반짝거리며 흘러내렸
다. 멀리서 보면 너도밤나무 숲 가장자리 나무들은 햇살에 부

신 눈으로는 꿰뚫어 볼 수 없는 거대한 짙은 그림자로 가득 차 보였다. 여치 소리만 씨르륵씨르륵 들리고, 백리향 냄새가 짙게 풍겨 왔다.

언덕에서 마지막 습기까지 말라 가는 동안 파이버는 굴속에 틀어박힌 채 한낮의 열기 속에 몸을 뒤척이고 바닥을 긁어 대며 불안하게 자다 깨기를 되풀이했다. 한번은 천장에서 흙이 떨어지자 벌떡 일어나 굴 밖으로 뛰어나갔다가 정신을 차리고 제자리로 돌아오기도 했다. 잠에서 깰 때마다 헤이즐을 잃었다는 사실이 떠오르고, 언덕에서 그림자 같은 토끼가 절름거리며 첫새벽 빛 속으로 사라지는 순간 머릿속을 꿰뚫고 지나갔던 깨달음이 다시 떠올라 괴로웠다. 그 토끼는 지금 어디에 있을까? 어디로 사라진 걸까? 파이버는 얽히고설킨 생각의 길 속에서 그 토끼를 따라 이슬 젖은 싸늘한 언덕을 넘어 새벽 안개 자욱한 들판으로 내려갔다.

소용돌이치는 안개 속에서 파이버는 엉겅퀴와 쐐기풀을 헤치고 천천히 나아갔다. 이제 절름거리는 토끼는 보이지 않았다. 홀로 남은 파이버는 무서웠다. 어디선가 친숙한 냄새와 소리가 다가왔다. 고향 마을 들판의 소리와 냄새였다. 무성하던 여름 풀은 사라졌다. 어느새 파이버는 3월의 꽃 핀 인목과 벌거벗은 물푸레나무 아래에 있었다. 파이버는 시내를 건너 맞은편 비탈을 올라가 오솔길 쪽으로, 헤이즐과 함께 게시판을 보았던 곳으로 향했다. 그 널빤지는 아직도 거기 있을까? 파이버는 겁먹은 눈길로 비탈을 올려다보았다. 안개에 가려 잘 보이지 않았지만 꼭대기에 가까워질 무렵 어떤 인간이 삽과 밧줄, 그리고 쓰임새를 알 수 없는 작은 도구들 무더기 앞에서 바쁘게 일하는 모습이 보였다. 널빤지는 땅바닥에 놓여 있었다. 그것은 파이버가 기억하고 있는 널빤지보다 작았고, 땅에 박을 수 있도록 끝이 뾰족하고 길고 네모난 말뚝이 달려 있었다. 널빤지는 예전과 똑같이 하얀색이었고 막대기같이 또렷한 검은 선들이 잔뜩 그려져 있었다. 파이버는 머뭇거리며 천천히 비탈을 올라가 인간 옆에 멈춰 섰다. 인간은 발치에 있는 좁고 깊은 구덩이를 내려다보고 있었다. 인간은 파이버를 상냥하게 돌아보았는데, 그 상냥함은 마치 언젠가 잡아먹히리라는 것을 잘 알고 있는 희생양에게 식인귀가 보여 주는 상냥함 같았다.

인간이 물었다.

"이봐! 내가 지금 뭐 하고 있는 줄 알아?"

겁에 질려 눈이 휘둥그레진 파이버가 움찔거리며 되물었다.

"뭐 하는데요?"

"팻말을 세우고 있다. 왜 세우는지 궁금하지 않냐?"

파이버는 조그맣게 대답했다.

"궁금해요."

인간이 말했다.

"저기 있는 헤이즐을 위해서지. 헤이즐을 위해 이 팻말을 세우는 거야. 팻말에 무슨 말이 쓰여 있을 것 같냐?"

파이버가 말했다.

"모르겠어요. 어떻게…… 어떻게 팻말이 말을 하나요?"

"아, 팻말도 말을 하고말고. 그게 바로 너희는 모르지만 우리 인간은 아는 사실이야. 그래서 우리는 맘만 먹으면 언제든지 너희를 죽일 수 있지. 자, 저 팻말을 자세히 보면 지금 아는 것보다 더 많은 것을 알게 될 거야."

파이버는 안개 자욱한 검푸른 여명 속에서 팻말을 뚫어지게 바라보았다. 한참 바라보니 하얀 바탕에 그려진 검은 막대들이 흔들렸다. 검은 막대들은 뾰족한 쐐기 모양의 작은 머리를 치켜들고 한 굴에 사는 족제비 새끼들같이 재잘거렸다. 비웃는 듯한 잔인한 말소리가 모래나 자루 속에서 들리듯이 둔탁하게 들려왔다.

"죽은 헤이즐-라를 위해! 죽은 헤이즐-라를 위해! 죽은 헤이즐-라를 위해! 아하하하하!"

인간이 말했다.

"어때, 이제 알겠지? 나는 이 팻말에다 놈을 매달아야 해. 팻말을 세우고 나서 곧바로 매달아야지. 까치나 족제비를 매다는 것처럼. 암! 놈을 매달아야지!"

파이버가 소리쳤다.

"안 돼! 그럼 안 돼!"

"하지만 아직 그놈을 못 잡았단 말야. 그래서 일이 안 끝난 거야. 그놈이 재수 없게 피 묻은 구멍으로 숨어 버려서 매달지 못했어. 내가 쫓아가자마자 놈이 피 묻은 구멍으로 숨어 버려서 끌어내질 못했지."

파이버는 인간의 발치로 다가가서 구멍을 들여다보았다. 구멍은 둥글었는데 자세히 보니 수직으로 땅속에 박혀 있는 토관이었다. 파이버가 "헤이즐! 헤이즐!" 하고 불러 보았다. 저 속에서 뭔가가 움직이자 파이버는 다시 헤이즐을 부르려고 했다. 그때 인간이 몸을 숙여 파이버의 귀 사이를 후려쳤다.

파이버는 자욱한 흙먼지 속에서 몸부림치고 있었다. 누군가의 목소리가 들려왔다.

"진정해, 파이버! 진정하라고!"

파이버는 벌떡 일어났다. 눈과 귀와 코에 흙이 들어가 있었다. 냄새를 맡을 수가 없었다. 파이버는 몸을 흔들어 흙을 털며 "누구야?" 하고 물었다.

"블랙베리야. 네가 어떤지 보러 왔어. 별거 아니야. 천장에서 흙이 조금 떨어진 것뿐이야. 오늘은 여기저기서 흙이 떨어지고 있어. 다 더위 탓이지. 아무튼 그 덕분에 악몽에서 깨어났잖아. 네가 몸부림을 치면서 헤이즐을 부르고 있었어. 가엾은 친구! 어쩌다 이렇게 끔찍한 일이 일어났는지! 그래도 우린 참고 견뎌야 해. 누구나 언젠가는 달리기를 멈추는 법이잖아. 프리스 님은 모든 토끼를 하나하나 다 기억하고 계신대."

파이버가 물었다.

"지금 저녁이야?"

"아직 아냐. 니−프리스는 한참 지났어. 홀리 일행이 돌아온 건 알고 있지? 스트로베리는 큰 병이 났고 암토끼는 한 마리도 데려오지 못했어. 모든 게 최악이야. 홀리는 아직 자고 있어. 완전히 녹초가 되었나 봐. 오늘 밤에 자세한 이야기를 해 준다고 했는데. 가엾은 헤이즐 소식을 전했더니 홀리가…… 파이버 너, 안 듣고 있구나. 그냥 가만히 있을까?"

파이버가 물었다.

"블랙베리, 너 헤이즐이 총에 맞은 곳 알아?"

"응, 빅윅하고 같이 도랑을 살펴보고 왔으니까. 하지만 안 돼……."

"지금 나랑 같이 가 줄 수 있어?"

"거길? 아, 싫어. 너무 멀어. 게다가 이제 와서 무슨 소용이야? 이 지독한 더위에 그렇게 위험한 일을 하다니, 더 비참해질 뿐이야."

파이버가 말했다.

"헤이즐은 죽지 않았어."

"죽었어, 사람들이 잡아갔다구. 파이버, 내가 피를 봤어."

"그래. 하지만 헤이즐의 시체는 못 봤잖아. 그건 헤이즐이 죽지 않았기 때문이야. 블랙베리, 내 부탁 좀 들어줘."

"너무 힘든 부탁이야."

"그럼 나 혼자라도 갈 거야. 하지만 난 지금 헤이즐을 구하러 가자고 부탁하는 거야."

결국 블랙베리가 마지못해 승낙을 했고, 둘이 언덕을 내려갈 때 파이버는 숨을 곳을 찾아 도망칠 때처럼 날쌔게 달려갔다. 몇 번이나 블랙베리를 재촉하기도 했다. 햇볕이 내리쬐는 들판은 텅 비어 있었다. 청파리보다 큰 생물은 모두 더위를 피해 숨어 있었다. 좁은 길가 헛간에 이르러 블랙베리는 빅윅과 함께 헤이즐을 찾으러 갔던 일을 설명하려고 했다. 하지만 파이버가 단호히 말을 잘랐다.

"비탈을 올라가야 해. 그건 분명해. 도랑이 어디 있는지나 가르쳐 줘."

느릅나무들은 조용했다. 나뭇잎 스치는 소리 하나 들리지 않았다. 도랑에는 야생 파슬리, 독미나리, 초록색 꽃이 핀 브리오니아 덩굴 줄기가 무성했다. 파이버는 블랙베리를 따라 인간들이 짓밟아 놓은 쐐기풀 더미에 가서는 가만히 앉아 냄새를 맡고 주위를 살펴보았다. 블랙베리는 절망적인 심정으로 파이버를 바라보기만 했다. 약한 바람이 들판으로 살며시 불어 오고 느릅나무 너머 어딘가에서 지빠귀가 울어 댔다. 이윽고 파이버가 도랑 속을 걷기 시작했다. 귀 가까이에서 곤충들이 붕붕거리고 튀어나온 돌에서 갑자기 파리 떼가 날아올랐다. 아니, 돌이 아니었다. 그것은 매끄럽고 균일한 모양을 가지고 있었다. 바로 토관 입구였다. 흙빛 배수구 입구 언저리에 실같이 가느다란 핏자국이 말라붙어 있었다. 토끼 피였다.

파이버가 소리쳤다.

"피 구멍이다! 피 구멍!"

파이버는 컴컴한 구멍 속을 들여다보았다. 구멍은 막혀 있었다. 토끼가 막고 있었다. 냄새로 확실히 알 수 있었다. 토관 속이라 가냘픈 심장 박동 소리가 실제보다 크게 울렸다. 파이버가 불러 보았다.

"헤이즐?"

블랙베리가 얼른 옆으로 다가왔다.

"무슨 일이야?"

파이버가 말했다.

"이 안에 헤이즐이 있어. 살아 있어!"

27 "직접 가 보지 않으면
상상도 할 수 없으리"

맙소사, 저런 사람들은 처음 보았네.

세실리아 스랄레가 인용한 시뇨르 피오치의 말

한편 벌집에서는 빅워과 홀리가 헤이즐이 죽고 난 뒤 두 번째
로 열리는 모임을 기다리고 있었다. 공기가 서늘해지자 토끼
들은 잠에서 깨어나 굴길을 지나서 벌집으로 하나둘 모여들었
다. 모두 조용했고 내심 불안해하고 있었다. 심한 상처에 따르
는 통증이 그렇듯 깊은 충격의 영향도 시간이 좀 지나야 느껴
지는 법이다. 어린아이가 난생 처음으로 자기가 아는 사람이
죽었다는 말을 들으면, 그 말을 믿지 않는 것은 아니지만 그
뜻을 제대로 이해하지 못하기 때문에 나중에 죽은 사람이 어
디에 있는지 언제 오는지 자꾸만 묻는다. 픽킨도 헤이즐이 다

190

시는 돌아오지 못한다는 사실을 칙칙한 색깔의 나무를 심듯 마음속에 단단히 심었지만 슬픔보다는 당혹스러움이 앞섰다. 그리고 그 당혹스러움은 주위의 어느 친구한테서나 볼 수 있었다. 전투에서 위기를 맞은 것도 아니고 예전이나 지금이나 이 마을에서 살아가는 데 아무 문제도 없었지만 토끼들은 운이 다했다고 믿었다. 헤이즐은 죽고 홀리의 원정은 완전히 실패했다. 이제 앞으로 어떻게 될 것인가?

수척해진 홀리는 갈퀴덩굴과 우엉 조각이 잔뜩 붙은 부스스한 모습으로 상자 토끼들과 이야기를 나누며 그들을 안심시키고 있었다. 아무도 헤이즐이 무모한 장난에 목숨을 내던졌다고는 말하지 못했다. 두 암토끼는 유일한 성과물이자 마을의 자산이었다. 하지만 암토끼들이 새로운 환경에 몹시 불안해하는 것 같아서 홀리는 벌써부터 속으로는 이 암토끼들한테 별 희망이 없다는 생각과 싸우고 있었다. 암토끼는 불안하고 초조하면 아기를 낳지 못한다. 게다가 모두 자기 생각에만 빠져 있는데 이 낯선 곳에서 암토끼들이 어떻게 마음 편히 지낼 수 있겠는가? 이들은 죽거나 떠나 버릴지도 모른다. 홀리는 다시 한번 앞으로는 다 잘될 거라고 두 토끼를 설득했다. 하지만 그렇게 말하는 자신도 확신이 서지 않았다.

빅윅은 에이콘에게 아직 오지 않은 토끼가 있는지 돌아보고 오라고 했다. 에이콘이 돌아와서 스트로베리는 몹시 아프고 블랙베리와 파이버는 보이지 않는다고 했다.

빅윅이 말했다.

"파이버는 내버려 둬. 가엾은 녀석, 당분간은 혼자 있고 싶을 거야."

에이콘이 말했다.

"자기 굴에도 없던데?"

"상관없어."

그러다 빅윅은 문득 이런 생각이 들었다.

파이버와 블랙베리라고? 둘이서 아무 말 없이 마을을 떠난 게 아닐까? 그게 사실이라면 나중에 다른 토끼들이 알게 되었을 때 어떻게 될까? 날이 어두워지기 전에 키하르한테 찾아보라고 해야 되나? 키하르가 찾는다면 그다음에는? 억지로 돌아오게 할 수는 없다. 떠나고 싶어 하는 토끼를 억지로 데려와 봤자 무슨 소용이 있겠는가?

그때 홀리가 이야기를 시작하자 다들 조용해졌다.

"다들 알다시피 우리는 지금 곤경에 빠져 있어. 한시라도 빨리 가장 좋은 방법을 의논해야 할 거야. 하지만 먼저 우리 넷, 그러니까 실버, 벅손, 스트로베리와 내가 왜 암토끼 한 마리도 데려오지 못했는지 이야기해야 할 것 같아. 우리가 출발할 때는 다들 앞길이 순조로울 줄만 알았지. 그런데 지금 우리는 다치고 병든 데다 성과물이 아무것도 없어. 다들 왜 그럴까 궁금하겠지."

빅윅이 말했다.

"홀리, 아무도 너희를 탓하지 않아."

홀리가 대답했다.

"내가 비난을 받아야 하는지 아닌지는 나도 모르겠어. 이야기를 다 듣고 난 다음에 말해 줘.

출발하던 날 아침은 흘레실이 돌아다니기 좋은 날씨라서 다들 마음이 느긋했지. 날씨는 선선했고 조금 있으면 구름 한 점 없는 화창한 날이 될 것 같았어. 이 숲의 반대쪽에서 멀지 않은 곳에 농장이 있어. 이른 아침이라 인간이 돌아다니지는 않았지만 그쪽으로 가기가 꺼림칙해서 지대가 높은 서쪽으로 갔지. 언덕을 내려가면 절벽이 나올 줄 알았는데 북쪽과 달리 절벽 같은 건 없었어. 건조하고 한적한 고지대만 끝없이 펼쳐져 있었지. 밀밭, 산울타리, 둔덕 등 숨을 곳은 많았지만 숲은 없었어. 크고 하얀 부싯돌이 뒹구는 푸석한 흙으로 된 드넓은 들판뿐이었지. 나는 풀밭이나 숲처럼 우리가 잘 아는 땅이 나오기를 바랐지만 그렇지 않았어. 어쨌든 한쪽에 빽빽한 산울타리가 늘어선 길을 발견하고는 그 길을 따라가기로 했지. 엘릴을 만나지 않도록 조심하느라 자주 멈추면서 느긋하게 나아갔어. 담비나 여우가 살기 힘든 땅인 건 확실했지만, 그런 것들을 만나면 어떻게 해야 될지 자신이 없었어."

실버가 말했다.

"한번은 분명히 족제비 옆을 지나간 것 같아. 내가 냄새를 맡았거든. 하지만 엘릴이 어떤지 너희도 알지? 진짜 사냥할 때가 아니면 우리가 있는 줄도 모르고 지나가기 일쑤잖아. 우리는 냄새를 거의 남기지 않았어. 흐라카도 고양이처럼 땅에 묻었지."

홀리가 이야기를 이었다.

"니-프리스가 되기 전에 길쭉한 숲이 앞을 가로막았어. 이런 저지대 숲은 참 이상하지 않아? 그 숲은 이 언덕 숲만큼 무성하지는 않지만 끝이 보이지 않을 만큼 멀리 일직선으로 뻗어 있었어. 나는 직선이 싫어. 인간이 만든 거니까. 아니나 다를까, 그 숲 바로 옆에 도로가 있었어. 아무것도 없는 쓸쓸한 도로였지만, 그래도 그런 데서 돌아다니기 싫어서 숲을 똑바로 지나 반대쪽 들판으로 나왔지. 그때 키하르가 우리를 발견하고 방향을 바꾸라고 했어. 키하르한테 우리가 얼마나 왔느냐고 물었더니 반쯤 왔다고 했어. 그래서 이제 밤을 지낼 곳을 찾아야겠구나 싶었지. 트인 곳에서 자기는 싫어서 결국 작은 구덩이 같은 곳에다 얕은 굴을 팠지. 그러고는 실컷 풀을 뜯고 편안히 잤어.

어떻게 여행했는지 시시콜콜 이야기할 필요는 없겠지. 이튿날 풀을 뜯고 나자 바로 비가 내리더니 찬 바람까지 몰아치는 바람에 니-프리스가 지날 때까지 움직이지 못했어. 이윽고 날이 개자 출발했지. 풀이 젖어 있어서 여행하기 불편했지만 초저녁이 되자 목적지에 거의 다 온 것 같았어. 주위를 둘러보다가 웬 산토끼가 지나가기에 근처에 큰 마을이 있느냐고 물어

보았지.

산토끼가 되묻더군.

'에프라파? 에프라파에 가려고?'

내가 대답했어.

'에프라판지 뭔지 모르지만 거기 가는 길이야.'

'거길 알아?'

'아니, 몰라. 어디 있는지 가르쳐 줘.'

'음, 충고하는데 빨리 도망가.'

그 말이 무슨 뜻일까 생각하고 있는데 별안간 덩치 큰 토끼 세 마리가 둔덕을 넘어왔어. 예전에 내가 빅윅 널 체포하러 왔을 때 같았어. 그중 한 마리가 말했어.

'표적을 보여라.'

내가 물었어.

'표적? 무슨 표적? 무슨 말인지 모르겠는데.'

'에프라파에 살지 않아?'

'살진 않지만 그리로 가는 길이야. 우린 딴 마을에서 왔어.'

그 토끼는 '같이 갈까?' 아니, '멀리서 왔니?'인가 '쫄딱 젖었냐?'인가 뭐 그런 걸 묻더군.

이 세 토끼는 우리를 데리고 둔덕을 내려갔어. 그렇게 해서 우리는 에프라파라는 마을에 들어가게 된 거야. 이 마을 얘기 좀 해 줄게. 내 얘길 듣고 나면 여기 있는 우리가 코를 훌쩍이며 산울타리 밑에 임시 굴이나 파는 지저분한 조무래기일 뿐이라는 걸 깨닫게 될 거야.

에프라파는 큰 마을이야. 우리 고향 스레아라의 마을보다 훨씬 커. 에프라파 토끼들은 누구나 인간한테 들켜서 백맹증에 감염되는 것을 가장 두려워하고 있었어. 그래서 마을 전체가 인간들 눈에 띄지 않게 만들어져 있지. 굴 입구는 모두 가려져 있고 아우슬라가 모든 토끼를 지배하고 있어. 자기 생활이라곤 있을 수도 없어. 그 대가로 안전을 보장받는 거야. 그만한 가치가 있는지는 모르지만.

에프라파엔 아우슬라뿐 아니라 장로회도 있는데, 장로들은 저마다 특별한 일을 맡고 있어. 먹이 문제를 맡은 장로도 있고 마을을 숨길 방도를 찾는 장로도 있어. 아기 토끼 키우는 문제를 맡은 장로도 있고. 그리고 보통 토끼의 경우 땅 위로 나갈 땐 한 번에 몇 마리씩 나가도록 정해져 있어. 모든 토끼는 아기 때 표적이 생겨. 턱 밑이나 엉덩이나 뒷발을 이빨로 깊게 깨물어서 흉터를 남기는 거야. 그러면 평생 동안 그 흉터로 구분되는 거지. 자기와 표적이 같은 무리가 나가는 시간이 아니면 절대로 밖에 못 나가."

빅윅이 그르렁거렸다.

"누가 못 나가게 하는 거야?"

"그게 진짜 무서운 부분이야. 아우슬라……, 그래, 직접 그곳에 가 보지 않으면 상상도 할 수 없을 거야. 족장은 운드워트라는 토끼야. 다들 운드워트 장군이라 부르지. 그 토끼에 대해서는 조금 있다가 자세히 얘기해 줄게. 운드워트 장군 밑에는 대장들이 있는데 저마다 표적을 하나씩 맡아서 통솔해. 대장 밑에는 지휘관과 보초가 있어. 대장 토끼는 밤이나 낮이나 자기네 무리를 지키고 있어. 자주는 아니지만 근처에 인간이 나타나면, 인간이 가까이 다가오기 훨씬 전에 보초가 경보를 울려. 엘릴이 나타나도 경고를 하지. 흐라카는 정해진 도랑에서만 누고 곧바로 묻어야 돼. 자기 차례가 아닌데 밖에 나온 것 같은 토끼가 있으면 표적을 보이라고 요구해. 그때 납득할 만한 이유를 대지 못하면 무슨 일이 일어날지 프리스 님만이 아시지. 나야 충분히 상상이 가지만. 에프라파 토끼들은 프리스 님을 못 볼 때가 많아. 자기 표적의 조가 밤 실플레이 차례이면 그날은 비가 오든 맑든 춥든 덥든 밤에만 풀을 뜯어. 모두 땅속 굴에서 이야기하고 놀고 짝짓기를 하는 데 익숙해져 있지. 자기 표적의 조가 이런저런 이유로, 이를테면 근처에서 인간이 일을 하고 있다거나 해서 정해진 시간에 실플레이를 나갈 수 없으면 그저 운이 나쁘다고 할 수밖에. 다음 날이 되어야 차례가 돌아오니까."

댄더라이언이 물었다.

"그렇게 살다간 완전히 변해 버리겠네?"

"정말 그래. 그 토끼들은 대부분 시키는 일밖에 못해. 에프라파를 나가 본 적도 없고 적의 냄새를 맡아 본 적도 없어. 에프라파 토끼들의 목표는 오로지 특권층인 아우슬라에 들어가는 거야. 아우슬라의 목표는 오로지 장로회에 들어가는 거고. 장로들은 뭐든 최고만 갖거든. 아우슬라는 항상 억세고 강인해야 해. 돌아가면서 대정찰이라는 걸 하지. 한 번에 며칠씩 들판에서 생활하며 마을 주변 지역을 샅샅이 살피는 거야. 수상한 것을 찾아내려는 목적도 있지만 아우슬라를 강인하고 영리하게 단련시킬 목적도 있지. 아우슬라는 대정찰 때 흘레실을 발견하면 에프라파로 데리고 돌아와. 따라오지 않으면 죽여 버려. 흘레실은 인간의 주의를 끌 수도 있기 때문에 위험한 존재로 여기는 거야. 대정찰을 마치면 아우슬라는 운드워트 장군한테 보고하고, 위험한 것으로 여겨지는 새로운 일이 있으면 장로회에서 어떻게 할지를 결정하지."

블루벨이 물었다.

"그럼 그들은 너희가 오는 걸 못 본 거야?"

"아, 절대로 그렇지 않아! 나중에 알게 된 일인데, 우리가 캠피언 대장이라는 토끼를 따라 마을에 들어가고 얼마 안 있어 대정찰을 하던 아우슬라 가운데 하나가 오더니, 북쪽에서 토끼 서너 마리가 에프라파로 오고 있는 자취를 발견했는데 어떻게 할 건지 물었대. 그 전령은 우리를 안전하게 생포하라는 명령을 받고 돌아갔지.

아무튼 캠피언 대장은 우리를 도랑에 있는 굴로 데려갔어. 굴 입구는 오래된 토관이었는데 인간이 토관을 뽑아 내면 흙이 무너져 굴을 감쪽같이 가릴 수 있게 되어 있었지. 캠피언 대장은 우리를 다른 대장에게 넘겼어. 자기는 임무 시간이 끝나지 않았기 때문에 땅 위로 돌아가야 했던 거야. 그 토끼들은 우리를 큰 속굴에 데려다 놓고 편안히 지내라고 했어.

그 굴에는 다른 토끼들도 있었어. 지금 내가 하고 있는 얘기는 대부분 그들의 이야기를 듣거나 물어서 알아낸 거야. 암토끼들하고도 이야기를 나누었는데 그중 하이젠슬라이*라는 암토끼랑 친해졌어. 내가 우리 마을 문제를 이야기하면서 왜 여기 오게 되었는지 말해 주니까 하이젠슬라이도 에프라파에 대해 알려 주더군. 이야기를 듣고 나서 내가 말했지.

'지독하군. 옛날부터 이랬소?'

하이젠슬라이는 그렇지 않다면서 자기 어머니한테 듣기로 예전에는 다른 곳에 마을이 있었고 훨씬 작았대. 그런데 운드워트 장군이 나타나서 토끼들을 에프라파로 옮겨 오게 하고는 이 모든 은닉 체계를 만들어 내고 완성시킨 끝에 에프라파 토끼들은 하늘의 별만큼이나 안전하게 된 거지.

하이젠슬라이가 말했어.

'이곳 토끼들은 아우슬라한테 죽지 않는 한 늙어서 죽어요. 하지만 문제는 이제 토끼 수가 너무 늘어나서 마을이 다 수용할 수 없다는 거죠. 새 굴을 파는 일은 반드시 아우슬라의 감독을 받아야 하는 데다 아주 천천히 조심스럽게 이루어져요.

*하이젠슬라이 : '이슬처럼 빛나는 털'이라는 뜻.

인간들 눈에 띄지 않는 굴을 파야 하니까요. 마을은 미어터지는 데다 땅 위로 나가는 횟수도 줄어들었어요. 게다가 무슨 이유인지 모르지만 수토끼는 부족하고 암토끼는 너무 많아요. 우리 암토끼들은 마을에 토끼가 너무 많으면 새끼를 낳을 수 없는 줄 알면서도 이곳을 못 떠나고 있어요. 며칠 전만 해도 몇몇 암토끼들이 장로회를 찾아가서 원정대를 꾸려 다른 곳에다 새 마을을 만들어도 되냐고 물었어요. 멀리 아주 멀리 가겠다고, 원한다면 얼마든지 멀리 가겠다고 했죠. 하지만 장로회는 무슨 말을 해도 귀를 기울이지 않았어요. 계속 이런 식으로 살 순 없어요. 이 체제는 무너져 가고 있어요. 하지만 이런 말을 하다가 들키면 큰일 난답니다.'

그렇다면 희망이 있겠다 싶었지. 그 마을에서 우리의 제안을 반대할 까닭이 없는 것 같았거든. 우리는 수토끼가 아니라 암토끼 몇 마리만 데려갈 생각이니까. 그 마을은 어차피 암토끼가 남아도니까 우리가 그들을 아주 먼 곳으로 데려가면 될 거라고 생각했지.

조금 뒤에 다른 대장이 찾아와 장로회 회의에 오라고 했어.

장로회는 큰 굴 같은 데서 열렸지. 그곳은 폭이 좁고 길었는데 우리 벌집만큼 좋지는 않았어. 넓은 천장을 만들 만한 나무뿌리가 없었거든. 장로들이 온갖 문제를 의논하는 동안 우리는 밖에서 기다렸어. 우리 같은 건 장로회가 날마다 의논하는 문제들 가운데 하나일 뿐이었지. '체포된 낯선 토끼들' 문제.

우리 말고 대기하고 있던 토끼가 또 있었는데, 그 토끼는 특별 감시를 받았어. 아우슬라파*라는 장로회 경찰이 맡고 있었지. 그렇게 겁에 질린 토끼는 처음 봤어. 두려운 나머지 정신이 나가 버린 것 같더라구. 아우슬라파한테 무슨 일이냐고 물어봤더니 그 블랙카바르라는 토끼는 에프라파를 탈출하려다가 잡혔다더군. 그 불쌍한 토끼는 안으로 끌려 들어가자 처음에는 변명을 하더니 나중에는 살려 달라고 울면서 애원했어. 블랙카바르가 나올 때 보니까 귀가 내 귀보다 훨씬 심하게 찢어져 있었어. 그의 냄새를 맡고는 우리 모두 기겁을 했어. 그러자 아우슬라파 하나가 말했어.

'그렇게 법석 떨 거 없어. 목숨을 건진 것만으로도 천만다행이지.'

그 말을 곰곰이 생각하고 있는데 누군가 나와서 장로들이 기다리고 있다고 알렸어.

들어가자마자 우리는 운드워트 장군 앞에 세워졌는데 그 녀석은 정말로 무시무시한 놈이었어. 빅윅 너도 상대가 안 될 거야. 몸집은 산토끼만 하고, 마치 늘 피 흘리며 전투하고 죽이는 게 생활인 듯한 분위기라서 그 앞에 서 있는 것만으로도 무섭더라니까. 우리가 누구이고 왜 왔는지부터 물어볼 줄 알았는데 그런 건 묻지도 않고 대뜸 이러더군.

*아우슬라파 : 장로회 경찰로, 에프라파에만 있는 말.

'이 마을의 규칙과 너희가 어떤 신분으로 살아가게 될지 설명하겠다. 규칙은 반드시 지켜야 하고 그렇지 않을 때에는 처벌을 받게 되므로 잘 들어 두길 바란다.'

그러자 나는 즉각 나서서 오해가 있는 것 같다고 말했지. 우리는 다른 마을에서 온 사절단으로, 에프라파의 양해와 도움을 얻고자 한다고 했어. 그러고는 암토끼 몇 마리를 설득해서 데려가게 허락해 달라고 했지. 내 이야기가 끝나자 운드워트 장군은 절대로 안 된다고 했어. 의논하고 말 것도 없다고. 나는 마을 토끼들을 설득할 수 있도록 하루 이틀 정도 머무르게 해 달라고 했어.

그러자 운드워트가 말했어.

'아, 물론 너희는 여기서 지낸다. 하지만 장로회가 너희한테 시간을 내주는 일은 더 이상 없을 것이다. 앞으로 며칠간은 말이다.'

나는 그건 너무·매몰찬 것 아니냐고 말했지. 우리의 요구는 분명히 온당했거든. 그래서 우리 입장에서 조금 더 생각해 달라고 말하려는데 몹시 늙은 장로가 말했어.

'너희는 여기가 논쟁하고 흥정하는 자리인 줄 아나 본데 너희가 뭘 할지 결정하는 건 우리야.'

나는 우리가 비록 작지만 어엿한 마을의 대표라는 점을 잊지 말아 달라고 했어. 우린 이 마을의 손님이라고 말이야. 하지만 그 말을 하고 나서야 비로소 그들이 우리를 포로로 여긴다는 것을 깨닫고 뒤통수를 얻어맞은 느낌이었지. 그들이 뭐라고 부르든 우리는 포로나 마찬가지였어.

그 회의가 어떻게 끝났는지 더 이상 말하고 싶지 않아. 스트로베리도 그들을 설득하려고 애썼어. 동물들이라면 누구나 가지고 있는 품위와 동료애에 대해 멋지게 연설했지.

'동물은 인간과 달라. 물론 싸워야 할 때는 싸우고 죽여야 할 때는 죽이지. 하지만 가만히 앉아서 머리를 굴려 가며 다른 동물의 삶을 망치고 상처를 주진 않아. 동물은 존엄성과 동물성을 가지고 있는 존재야.'

그러나 다 소용 없었어. 결국 우리가 입을 다물자 운드워트가 말했어.

'장로회는 더 이상 시간을 낼 수 없으니 규칙은 너희 표적을 담당하는 대장에게 듣도록 하라. 너희는 뷰글로스 대장이 맡고 있는 오른쪽 옆구리 표적반에 들어간다. 나중에 다시 너희를 부를 것이다. 우리는 자신이 해야 될 바를 이해하고 따르는 토끼에게는 더없이 우호적이고 협조적이라는 사실을 너희도 알게 될 것이다.'

그러자 아우슬라가 우리를 데리고 나가 오른쪽 옆구리 표적반에 넣었어. 뷰글로스 대장은 너무 바빠서 우리를 만날 틈이 없었고 나는 일부러 대장을 피해 다녔어. 대장이 우릴 보면 당장 그 자리에서 표적을 찍으려고 할지도 모르니까. 하지만 나는 곧 이 체제가 제대로 돌아가지 않는다는 하이젠슬라이의 말뜻을 알게 되었어. 우리가 보기에도 토끼 수가 너무 많았어. 따라서 감시를 피하기가 쉬웠지. 같은 표적반에 있는 토끼끼리도 잘 모를 정도였으니까. 우리는 어떤 굴에 자리를 잡고 눈을 붙이려 했어. 그런데 밤이 되자마자 실플레이 시간이라며 깨우더군. 달밤이라면 도망칠 기회가 있겠다 싶었는데 사방에 보초가 깔려 있었어. 대장은 보초들 말고도 전령 둘을 데리고 있었어. 전령의 임무는 경보가 울리면 어디라도 즉시 달려가는 일이었지.

우리는 풀을 먹고 나서 땅속으로 돌아왔어. 마을 토끼들은 거의 다 조용하고 고분고분했어. 우리는 되도록 그 토끼들과 마주치지 않으려고 했어. 기회를 봐서 도망칠 작정이었기 때문에 얼굴을 알리고 싶지 않았거든. 하지만 아무리 머리를 짜내도 좋은 수가 떠오르지 않았어.

이튿날 니-프리스 전에 잠시 풀을 뜯고 나서 굴로 돌아왔어. 시간이 그렇게 더디게 흐를 수가 없더군. 마침내 저녁이 다가올 무렵 나는 몇몇 토끼들 틈에 끼어 이야기를 들었어. 그 이야기가 뭔 줄 알아? 바로 '왕의 양상추'였어. 이야기를 들려주는 토끼는 댄더라이언의 발치에도 못 미칠 만큼 서툴렀지만, 달리 할 일도 없어서 가만히 듣고 있었지. 엘-어라이라가 의사로 변장하고 다진 왕의 궁전에 들어가는 대목에 이르렀을 때 퍼뜩 좋은 꾀가 떠올랐어. 아주 위험하긴 하지만 잘하면 성공할 것 같았어. 에프라파의 토끼들은 질문은 하지 않고 무조건 명령에 따른다는 점을 이용할 셈이었지. 그동안 뷰글로스 대장을 지켜보았는데 꽤 괜찮은 친구 같았어. 성실하지만 마음이 좀 약하고 일이 너무 많은 탓에 상당히 지쳐 있었지.

그날 밤 실플레이를 하러 나가 보니 밖은 칠흑같이 어둡고 비가 내리고 있었어. 에프라파에선 그런 것쯤은 사소한 일이라 신경도 안 써. 다들 밖에 나가서 먹이를 먹을 수 있는 것만으로도 기뻐했어. 토끼들은 우르르 올라갔지만 우리는 기다렸다가 맨 나중에 올라갔어. 뷰글로스 대장은 보초 둘을 데리고 둔덕에 나와 있었어. 실버와 다른 친구들을 먼저 보내고 나서 나는 급히 뛰어온 것처럼 숨을 헐떡이며 대장한테 다가갔어.

'뷰글로스 대장님이십니까?'

뷰글로스가 물었어.

'그렇다네. 무슨 일인가?'

'지금 당장 장로회에서 오라십니다.'

'아니, 뭐라구? 무슨 일이지?'

'장로님을 만나면 말씀해 주시겠지요. 저라면 장로님들을 기다리게 하지는 않겠습니다.'

'자넨 누군가? 장로회 전령은 아닌데. 내가 다 알거든. 어느 표적반 소속이지?'

'전 대장님의 질문을 들으려고 온 게 아닙니다. 돌아가서 대장님이 오지 않을 거라고 전할까요?'

뷰글로스 대장이 그 말을 듣고도 미심쩍어하자 나는 정말로 돌아가려는 척했어. 그러자 뷰글로스가 갑자기 '알았네.' 하고 말했어. 딱하게도 겁에 질린 표정이었지.

'하지만 내가 없는 동안 누가 여기를 감독하지?'

'제가 합니다. 운드워트 장군님의 명령이지요. 하지만 빨리 오십시오. 오늘 밤 내내 여기서 대장님 일을 떠맡고 있긴 싫으니까요.'

뷰글로스는 서둘러 떠났어. 나는 두 보초를 돌아보며 명령했지.

'여기서 꼼짝 말고 단단히 지키게! 나는 다른 보초들을 둘러보고 오겠네.'

그러고 나서 우리 넷은 어둠 속으로 달아났어. 예상대로 조금 있으니까 보초 둘이 불쑥 나타나 앞을 가로막았지. 우리는 우르르 덤벼들었어. 놈들이 꽁무니를 뺄 줄 알았는데 그렇지 않았어. 보초들은 미친 듯이 싸웠어. 그중 한 놈은 벅손의 얼굴을 코까지 찢어 놓았지. 하지만 우린 넷이라서 결국 그놈들을 떨치고 죽어라고 들판으로 달아났어. 비가 내리는 데다 깜깜한 밤이라서 어디로 가고 있는지도 알 수가 없었어. 그저 달리기만 했지. 조금 늦게서야 추적이 시작되었는데, 그건 가엾은 뷰글로스가 자리를 비우는 바람에 명령을 내릴 자가 없었기 때문인 것 같아. 어쨌든 출발은 좋았지. 하지만 이내 뒤쫓아오는 소리가 들렸어. 게다가 우리를 점점 따라잡고 있었지.

에프라파의 아우슬라는 정말이지 장난이 아니야. 아우슬라는 몸집이 크고 힘센 토끼들만 골라서 뽑는 데다 비와 어둠 속에서 움직이는 일이라면 모르는 게 없더군. 게다가 장로회를 너무도 두려워한 나머지 다른 건 무서울 게 없었어. 얼마 못 가 우리는 곤경에 빠졌어. 정찰대는 비와 어둠 속에서도 우리보다 빨리 달렸기 때문에 금세 바싹 추격해 왔지. 그래서 실버와 다른 친구들한테 이젠 맞서 싸우는 수밖에 없다고 말하려는데, 갑자기 하늘로 치솟아 있는 것처럼 가파른 거대한 둔덕이 나타났어. 이 언덕 비탈보다 더 가파르고 비탈면은 마치 인간이 만든 것처럼 반듯했어.

하지만 그런 것을 따질 겨를도 없이 무작정 올라갔지. 둔덕은 뻣뻣한 풀과 덤불로 뒤덮여 있었어. 높이가 얼마나 되는지는 정확히 모르지만 잘 자란 마가목만큼 되지 않을까 싶어. 어쩌면 그보다 더 높을지도 모르고. 비탈 꼭대기에 이르러 보니 가벼운 돌멩이들이 깔려 있는데 우리가 달릴 때마다 발 밑에서 달그락 소리를 내며 굴러다녔어. 우리가 어디 있는지 훤히 드러날 상황이었지. 또 넓적한 나무 판들에 기다란 쇠막대기가 두 개 붙어 있었어. 쇠막대에서는 나직하게 웅웅 소리가 났지.

'인간이 만든 것이구나.'

나는 그렇게 중얼거리다가 반대편으로 굴러 떨어지고 말았어. 둔덕 꼭대기가 그렇게 좁고 그 너머에 가파른 비탈이 있는 줄 몰랐던 거야. 나는 어둠 속에서 둔덕 아래로 곤두박질치다가 키 작은 딱총나무에 걸렸어. 거기에 그대로 누워 있었지."

홀리는 그때 일을 곰곰이 생각하는지 잠시 침묵에 잠겼다.

이윽고 홀리가 다시 입을 열었다.

"그다음에 일어난 일은 뭐라고 어떻게 설명해야 될지 모르겠어. 우리 넷 다 그 자리에 있었지만 아직도 어찌 된 영문인지 모르겠어. 하지만 지금부터 하는 이야기는 엄연한 사실이야. 프리스 님이 에프라파의 아우슬라한테서 우릴 구하려고 위대한 사자를 보내신 거야. 우리 넷은 뿔뿔이 흩어져 비탈 아래로 굴렀어. 벅손은 얼굴에 흐르는 피 때문에 앞이 제대로 안 보여서 거의 둔덕 밑까지 굴러 갔어. 나는 몸을 일으켜서 둔덕을 올려다보았어. 둔덕 위 하늘은 에프라파 토끼가 나타나면 알아볼 수 있을 만큼은 밝았지. 그러고 나서 뭐라고 말해야 할까, 엄청나게 큰 물체가, 흐루두두 천 개를 합친 것 같은, 아니 그보다 더 큰 물체가 어둠 속에서 돌진해 왔어. 그것은 불과 연기와 빛으로 가득했고 굉음을 내며 땅이 흔들릴 정도로 쇠막대를 두드렸어. 그게 수천의 천둥과 번개처럼 우리와 에프라파 토끼들 사이로 달려왔어. 정말이지 무서운 정도가 아니었어. 난 꼼짝도 할 수가 없었어. 번쩍이는 불빛과 굉음이 온 밤을 갈라 놓았어. 에프라파 토끼들은 어떻게 되었는지 몰라. 무사히 달아났든가 아니면 깔려 죽었든가 둘 중 하나겠지. 그리고 어느 순간 그것은 사라지고 덜커덩-퉁, 덜커덩-퉁 하는 소리만 점점 멀어져 갔지. 그곳에는 우리밖에 남지 않았고.

난 한동안 꼼짝도 할 수 없었어. 그러다가 마침내 겨우 일어나 어둠 속에서 친구들 모습을 하나씩 찾았지. 아무도 말이 없었어. 비탈 밑에서 둔덕을 뚫고 지나가는 터널 같은 것을 발견했어. 그 터널로 들어가서 아까 우리가 올라왔던 둔덕 쪽으로 나왔어. 그러고는 들판을 한참 도망치다가 에프라파 토끼들이 더 이상 쫓아오지 않는 것을 확인하고는 그제야 한숨 돌렸지. 우리 넷은 도랑에 들어가 아침까지 잤어. 엘릴이 나타나 우릴 죽일 수도 있었지만, 우리는 아무 일 없을 줄 알고 있었어. 너희는 프리스 님 힘으로 목숨을 건지다니 정말 멋진 일이라고 생각하겠지. 하긴 그런 은총을 입은 토끼가 과연 몇이나 될까? 하지만 정말이지 에프라파 토끼들한테 쫓기는 것보다 훨씬 더 무서웠어. 불을 뿜는 물체가 머리 위로 지나가는 동안 비를 맞으며 웅크리고 있던 일은 죽을 때까지 잊지 못할 거야. 그것이 왜 우리를 구해 주었을까? 그건 영원히 알 수 없겠지.

다음 날 아침 우리는 잠시 주위를 살펴보고는 곧 방향을 알아냈어. 늘 하던 대로 말야. 비도 그쳐서 우리는 곧 출발했지. 돌아오는 길은 힘들기 그지없었어. 여기 도착하기 훨씬 전부터 녹초가 되어 버렸지. 실버만 빼고 말야. 실버가 없었다면 어떻게 왔을지 모르겠어. 하루 밤낮을 쉬지 않고 여행했어. 한시라도 빨리 마을로 돌아오고 싶다는 생각밖에 없었거든. 악몽 속에서 절룩거리며 돌아다니다가 오늘 아침 이 숲에 도착한 거야. 사실 내 상태도 스트로베리보다 나을 게 없어. 스트로베리는 불평 한마디 하지 않았지만 오랫동안 푹 쉬어야 할 거고,

나도 그래. 그리고 벅손은…… 이것으로 두 번이나 큰 부상을
입게 되었지. 하지만 이보다 더 나쁜 일이 일어났어. 헤이즐을
잃은 것. 이렇게 큰 재난은 없을 거야. 몇몇 토끼가 아까 저녁
에 나더러 족장 토끼가 되지 않겠냐고 묻더군. 날 믿어 준 건
고맙지만 난 완전히 지쳐 버렸기 때문에 아직 그런 일을 맡을
힘이 없어. 난 가을날의 말불버섯처럼 바싹 마르고 텅 비어 버
린 느낌이야. 바람이 불면 털이 다 날아가 버릴 것 같아."

28 언덕 기슭에서

혼자인데도 고독하지 않은 것은
놀라운 행복이다.
오, 공포와 어둠에서 벗어나
내 집이 보이는 곳에 오는 것도
놀라운 행복이다.

월터 드 라 메어, 〈순례자〉

댄더라이언이 물었다.

"아무리 피곤해도 실플레이는 할 수 있지 않아? 실플레이하기에 딱 좋은 시간이니까 기분 전환도 할 겸. 내 코가 맞다면 오늘 저녁 날씨는 참 좋을 거야. 비참한 기분에서 벗어나도록 애써야 한다구."

빅윅이 말했다.

"실플레이하기 전에 홀리 너한테 한마디만 할게. 그런 곳에서 다른 토끼 세 마리를 데리고 무사히 도망칠 수 있는 건 아마 너밖에 없을 거야."

홀리가 대답했다.

"다 프리스 님 뜻이야. 이렇게 돌아온 건 다 그분 덕이지."

홀리는 스피드웰을 따라 숲으로 나 있는 굴길을 올라가려다가, 옆에 클로버가 있는 것을 알아차렸다.

홀리가 말을 걸었다.

"밖에 나가서 풀을 먹는 게 이상하죠? 하지만 곧 익숙해질 거예요. 헤이즐-라가 상자 속보다 이곳이 살기 좋다고 말한 건 분명히 사실이에요. 맛있는 풀이 어디 있는지 가르쳐 줄게요. 내가 없는 동안 빅윅이 다 먹어 치우지 않았어야 할 텐데."

홀리는 클로버가 마음에 들었다. 클로버는 박스우드나 헤이스택보다 튼튼하고 겁이 많지 않았으며 마을 생활에 적응하려고 애쓰는 것이 눈에 보였다. 혈통은 잘 모르겠지만 건강해 보였다.

함께 신선한 공기 속으로 나오면서 클로버가 말했다.

"전 굴 생활이 마음에 들어요. 좀 어둡긴 하지만 사방이 막혀 있어서 상자와 비슷해요. 탁 트인 곳에 나가 풀을 뜯는 게 힘들긴 하죠. 우리는 어디나 마음대로 돌아다니는 것에 익숙하지도 않고 뭘 해야 할지도 모르거든요. 다들 동작이 어찌나 빠른지 나는 그저 얼떨떨할 따름이에요. 괜찮다면 굴에서 멀지 않은 곳에서 먹고 싶어요."

두 토끼는 노을빛에 물든 풀밭에서 풀을 뜯으며 천천히 돌아다녔다. 클로버는 곧 먹는 데만 열중했지만, 홀리는 끊임없이 걸음을 멈추고 곧추앉아 인적 없고 평화로운 언덕의 냄새를 맡았다. 그러다가 조금 떨어진 곳에서 빅윅이 북쪽을 뚫어지게 바라보고 있는 것을 보고 자기도 그쪽을 보았다.

"무슨 일이야?"

"블랙베리야."

빅윅이 대답했다. 한시름 놓았다는 투였다.

블랙베리가 지평선을 등지고서 천천히 폴짝폴짝 뛰어왔다. 블랙베리는 지칠 대로 지쳐 보였지만 친구들을 보고는 좀 더 서둘러서 빅윅 쪽으로 다가왔다.

빅윅이 물었다.

"어디 갔었어? 파이버는 어딨지? 같이 있지 않았어?"

블랙베리가 말했다.

"파이버는 헤이즐이랑 같이 있어. 헤이즐은 살아 있어. 부상이 얼마나 심한지는 모르겠지만 죽지는 않을 거야."

토끼들은 할 말을 잃고 블랙베리만 멍하니 바라보았다. 블랙베리는 그 모습을 즐겁게 바라보며 잠자코 있었다.

빅윅이 물었다.

"헤이즐이 살아 있다고? 확실해?"

블랙베리가 말했다.

"그렇다니까. 바로 지금 언덕 기슭에 있다구. 홀리랑 블루벨이 오던 날 밤 네가 들어가 있던 그 도랑 속에."

홀리가 말했다.

"믿어지지 않는군. 그게 사실이라면 내 평생 이보다 더 반가운 소식은 없을 거야. 블랙베리, 정말로 확실해? 대체 어떻게 된 거야? 말 좀 해 봐."

"파이버가 찾아냈어. 파이버가 나를 데리고 농장 근처까지 가서 도랑 속을 돌아다니다가 하수구에 숨어 있는 헤이즐을 찾아낸 거야. 헤이즐은 피를 많이 흘려서 혼자서는 하수구에서 나올 수 없었어. 그래서 우리가 멀쩡한 쪽 다리를 물고 끌어냈지. 헤이즐은 몸을 돌릴 수도 없었으니까."

"파이버는 대체 어떻게 안 거야?"

"파이버가 어떻게 알았냐구? 그건 직접 물어봐. 아무튼 헤이즐을 하수구에서 끌어낸 뒤 파이버가 상처를 살펴보았어. 헤이즐은 한쪽 뒷다리에 큰 상처를 입었지만 뼈는 부러지지 않았어. 옆구리도 찢겨 있었지. 우리는 상처를 최대한 깨끗이 닦은 다음 헤이즐을 데리고 출발했지. 저녁 내내 걸렸어. 대낮에 사방은 쥐 죽은 듯이 조용한데 절름발이 토끼가 피를 흘리며 돌아다니다니, 상상이 가니? 다행히 오늘은 올여름 들어 가장 더운 날이라서 쥐 새끼 한 마리 얼씬거리지 않더라. 몇 번이고 야생 파슬리 속에 숨어서 쉬었어. 나는 줄곧 안절부절못했지. 하지만 파이버는 마치 돌멩이에 내려앉은 나비 같았어. 풀밭에 앉아 귀 털을 느긋하게 매만지더군. 파이버는 계속 '허둥대지 마. 걱정할 것 없어. 천천히 가도 돼.' 하면서 나를 안심시켰어. 뭐, 헤이즐 찾아내는 걸 내 눈으로 봤으니 파이버가 여우 사냥을 할 수 있다고 해도 믿었을 거야. 그런데 언덕 기슭에 이르자 헤이즐은 기진맥진해서 더 이상 움직일 수 없었어. 그래서 파이버는 헤이즐을 데리고 풀이 무성한 도랑에 숨고, 나는 이 사실을 알리러 왔지. 이렇게 말야."

빅윅과 홀리가 그 소식에 대해 생각하는 동안 잠시 침묵이 흘렀다.

이윽고 빅윅이 물었다.

"오늘 밤 도랑에서 잔대?"

"그렇겠지. 기운을 차리기 전까지는 언덕에 올라오지 못할 거야."

빅윅이 말했다.

"내가 가 봐야겠다. 도랑을 좀 편하게 만들어 줘야 해. 파이버도 혼자 헤이즐을 돌보는 것보다는 누가 있어 주는 게 좋을 거야."

블랙베리가 말했다.

"그럼 빨리 가야지. 곧 해가 질 텐데."

"흥! 담비를 만난다면 그놈이 조심해야 할걸. 내일 한 마리 잡아올까?"

빅윅은 그렇게 말하고는 쏜살같이 언덕 너머로 사라졌다.

홀리가 말했다.

"자, 모두 불러오자. 다들 모이면 지금 한 얘기를 처음부터 차근차근 들려줘라."

타는 듯한 불볕 더위 속에 너트행어 농장에서 언덕 기슭까지 1킬로미터가 넘는 거리를 지나오는 동안 헤이즐은 태어나서 가장 힘들고 고통스러운 시간을 보냈다. 파이버가 아니었다면 헤이즐은 그 하수구 안에서 죽었을 것이다. 가물거리는 침침한 무감각 상태를 뚫고 파이버의 다그침이 들려왔을 때 처음에는 대답도 하고 싶지 않았다. 힘겹게 지나온 고통스러운 현실로 돌아가기보다는 차라리 그 자리에 머무는 것이 훨씬 더 편했다. 정신을 차리고 보니 자기가 도랑의 초록빛 그늘 속에 누워 있고 곁에서 파이버가 상처를 살펴보고는 일어나 걸을 수 있다고 안심시켜 주었지만, 그래도 마을로 돌아간다는 것은 생각조차 할 수 없었다. 옆구리 상처가 욱신거리고 다리 통증 때문에 감각이 마비되는 것 같았다. 눈앞이 어지럽고 소리도 안 들리고 냄새도 잘 맡을 수 없었다. 하지만 파이버와 블랙베리가 오로지 자기를 구하려고 훤한 대낮에 위험을 무릅쓰고 농장으로 돌아왔다는 사실을 깨닫자, 헤이즐은 억지로 몸을 일으켜 비틀거리며 비탈을 내려와 도로로 나왔다. 현기증이 나서 몇 번이고 멈춰 서야 했다. 파이버의 격려가 없었다면 모든 것을 포기하고 그 자리에 주저앉아 버렸을 것이다. 도로 가에 이르러서는 둔덕을 올라가기가 힘들어 절름거리며 길가를 따라

가다가 어떤 문을 발견하고 그 밑으로 빠져나왔다. 한참 뒤 고압선 아래를 지날 때 헤이즐은 언덕 기슭에 풀로 뒤덮인 도랑이 있던 게 생각났다. 도랑에 도착하자마자 헤이즐은 쓰러지듯 잠이 들었다.

빅윅은 날이 어두워지기 직전에 도랑에 도착했다. 마침 파이버가 잠깐 짬을 내어 풀밭에서 긴 풀을 뜯고 있었다. 빅윅과 파이버는 헤이즐이 깰까 봐 굴을 파지도 못하고 비좁은 도랑 속에서 헤이즐 옆에 웅크리고 앉아 밤을 보냈다.

동 트기 전 잿빛 어스름 속에서 빅윅이 맨 처음 본 것은 키하르가 딱총나무 덤불을 뒤지며 먹이를 찾는 모습이었다. 빅윅이 발을 굴러서 주의를 끌자 키하르는 날갯짓 한 번으로 미끄러지듯 먼 거리를 날아왔다.

"픽빅 씨, 에이즐 씨 찾았어?"

"응, 이 도랑에 있어."

"안 죽었어?"

"응. 하지만 다쳐서 아주 약해졌어. 농장 사람이 총으로 쐈거든."

"까만 돌 빼냈어?"

"무슨 소리야?"

"총 쏘면 까만 돌 날아와. 못 봤어?"

"응, 난 총을 잘 몰라."

"까만 돌 빼면 나아. 에이즐 씨 지금 올 수 있나?"

"보고 올게."

도랑에 들어가 보니 헤이즐은 깨어나서 파이버와 이야기하고 있었다. 키하르가 밖에 와 있다고 하자 헤이즐은 다리를 질질 끌며 힘겹게 풀밭으로 올라왔다.

키하르가 말했다.

"빌어먹을 총! 작은 돌 박혀서 아퍼. 나 볼게, 응?"

헤이즐이 말했다.

"그래 줄래? 아직도 다리가 너무 아파."

헤이즐이 눕자 키하르는 헤이즐의 갈색 털 속에서 달팽이를 찾는 듯이 고개를 이리저리 휙휙 움직였다. 키하르는 옆구리의 상처를 꼼꼼히 살펴보고 나서 말했다.

"여기 돌 없다. 들어갔다 나갔어. 속에 없어. 다리 보자. 아플지도 몰라. 금방 끝나."

엉덩이 쪽에 산탄총 총알 두 개가 박혀 있었다. 키하르는 냄새로 총알을 찾아내더니 작은 틈새에서 거미를 물어 올리듯이 총알을 빼냈다. 헤이즐이 움찔하기도 전에 빅윅은 풀밭에 빼놓은 총알 냄새를 맡고 있었다.

"피 많이 나. 여기 있어. 두 날 기다려. 그럼 좋아져. 위에서 모두모두 에이즐 씨 기다려. 에이즐 씨 온다고 말할게."

키하르는 대답도 듣지 않고 날아가 버렸다.

결국 헤이즐은 사흘 동안 언덕 기슭에 머물렀다. 더운 날이 계속되었다. 헤이즐은 거의 온종일 딱총나무 밑에 앉아 홀로 남은 흘레시처럼 잠을 자면서 서서히 기운을 회복했다. 파이버는 줄곧 곁에 붙어서 상처를 핥아 주며 헤이즐을 보살폈다. 해질녘 그림자가 길어지고 지빠귀가 꽁지를 흔들며 울면서 둥지로 돌아갈 때까지 둘은 온기가 남아 있는 거친 풀밭에 몇 시간이고 말없이 앉아 있곤 했다. 어느 누구도 너트행어 농장 이야기는 꺼내지 않았지만, 헤이즐의 태도에서는 앞으로 파이버의 충고를 두말없이 받아들이겠다는 다짐이 뚜렷이 엿보였다.

어느 날 저녁 헤이즐이 말했다.

"흐라이루! 네가 없었다면 우린 어떻게 됐을까? 아무도 여기 없었겠지?"

파이버가 물었다.

"그럼 넌 우리가 지금 '여기' 있다고 확신하니?"

헤이즐이 대답했다.

"너무 수수께끼 같다. 무슨 뜻이니?"

"음, 또 다른 곳, 또 다른 나라가 있어. 그렇지 않아? 잠잘 때 우린 그곳에 가지. 다른 때도 가고 죽었을 때도 가는 곳이지. 엘-어라이라는 마음대로 두 나라를 왔다 갔다 하는 것 같아. 이야기 속에서는 확실히 드러나지 않지만. 어떤 토끼들은 세상에 깨어 있을 때 겪는 위험에 비하면 거기는 아주 편한 곳이라고 해. 하지만 그건 그 나라를 잘 모르기 때문에 하는 소리야. 그곳은 황량하고 전혀 안전하지 않아. 그런데 우리는 진짜 어디에 있을까? 여기일까, 거기일까?"

"우리 몸은 여기 있어. 난 그걸로 충분해. 그 실버위드라는 친구한테 가서 이야기해 보지 그러냐? 그 친구라면 잘 알 것 같은데."

"아, 기억하고 있구나? 난 실버위드의 시를 들었을 때 그걸 느꼈어. 실버위드가 무섭긴 했지만 그 자리에 있던 누구보다도 내가 실버위드를 잘 이해하고 있었어. 그 친구는 자기가 이 세상이 아닌 다른 세상에 속한다는 것을 알고 있었지. 가엾은 친구, 분명히 죽었을 거야. 그들이, 그 나라에 사는 자들이 데려 갔겠지. 아무 이유 없이 자기들의 비밀을 보여 주지는 않으니까. 저기 봐! 홀리랑 블랙베리가 온다. 그렇다면 지금 이 순간 만큼은 우리가 이 세상에 있는 게 확실하구나."

홀리는 어제 헤이즐을 만나러 언덕을 내려와 에프라파에서 탈출한 이야기를 들려주었다. 밤중에 거대한 유령이 홀리 일행을 구해 주었다는 대목에 이르자 파이버가 주의 깊게 듣고 있다가, "그것이 시끄러운 소리를 냈다고?" 하고 물었다. 나중에 홀리가 돌아간 뒤 파이버는 헤이즐에게 뭔지 모르겠지만 유령 같은 건 아닐 거라고 말했다. 하지만 헤이즐은 별 관심이 없었다. 헤이즐에게 중요한 것은 실망스런 결과와 그 원인이었다. 홀리가 빈손으로 돌아온 것은 모두 에프라파 토끼들이 비우호적인 탓이었다. 그날 저녁 실플레이를 시작하자마자 헤이즐은 그 문제를 다시 꺼냈다.

"홀리, 우리 문제는 전혀 해결되지 않았어, 그렇지? 넌 잘했지만 성과물은 없었고, 농장 습격 사건은 어리석은 장난에 지나지 않았어. 그것도 나로서는 비싼 대가를 치른 장난이었지. 진짜 굴은 지금부터 파야 돼."

"넌 장난에 불과하다고 하지만 그 덕분에 암토끼 두 마리가 생겼잖아. 우리한테는 그 두 암토끼가 전부야."

"그 암토끼들이 쓸모가 있을까?"

물론 토끼는 남자가 여자를 생각할 때 자연스럽게 떠오르는 생각, 이를테면 보호나 정절이나 낭만적인 사랑 같은 것을 알지 못하지만, 분명히 사람들이 아는 것보다 훨씬 더 많이 배우자와 긴밀한 관계를 유지한다. 하지만 토끼는 낭만적이지 않기 때문에 헤이즐과 홀리가 너트행어의 두 암토끼를 마을을 위해 아기를 낳아 줄 토끼로만 여기는 것은 지극히 당연했다. 바로 그것을 위해 헤이즐도 홀리도 목숨을 걸었던 것이다.

홀리가 대답했다.

"글쎄, 아직은 모르겠어. 마을에 적응하려고 애는 쓰고 있지만. 특히 클로버가. 클로버는 사리분별을 할 줄 아는 것 같아. 하지만 너도 알다시피 그 토끼들은 제 몸 하나 지킬 줄 몰라. 그렇게 아무것도 모르는 토끼들은 처음 봤어. 그리고 궂은 날씨를 못 견딜까 봐 걱정돼. 이번 겨울은 무사히 넘기더라도 다음 번 겨울은 어떨지 모르지. 네가 농장에서 그 토끼들을 데리고 나왔을 땐 그런 것까지 알 수는 없었겠지."

헤이즐이 말했다.

"운이 좋으면 겨울이 오기 전에 둘 다 아기를 밸 수 있을지도 몰라. 아기 낳는 철은 지났지만 이곳은 워낙 모든 게 뒤죽박죽이라서 혹시 괜찮을지도 모르지."

"흠, 내 생각에는……. 그래, 솔직히 말할게. 우리가 지금까지 노력해서 얻은 결과물은 이 두 토끼뿐이고 이것만으론 턱없이 부족해. 사실 이 토끼들은 아기를 낳기 힘들 거야. 지금은 아기 낳을 철도 아니고, 아직은 이곳 생활이 낯설 테니까. 아기를 낳는다 해도 아기들은 인간의 손에 자라는 상자 토끼의 혈통을 많이 갖고 있을 거야. 하지만 이 암토끼들 말고는 달리 희망이 없잖아? 부족하나마 지금 있는 걸로 최선을 다하는 수밖에."

헤이즐이 물었다.

"누군가 짝짓기를 했어?"

"아니, 둘 다 아직 짝짓기 할 상태가 아니야. 하지만 그때가 되면 큰 싸움이 벌어지겠지."

"그것도 문제야. 저 둘만으로는 안 돼."

"달리 방법이 없잖아?"

"우리가 무엇을 해야 하는지는 알지만 어떻게 해야 할지는 모르겠어. 다시 에프라파에 가서 암토끼를 데려와야 해."

"그건 인레에서 암토끼를 데려오자는 거나 마찬가지야. 아무래도 내가 에프라파에 대해서 제대로 이야기해 주지 못한 모양이야."

"아니, 제대로 이야기했어. 생각만 해도 겁이 나서 몸이 굳어 버릴 것 같아. 하지만 그렇게 할 수밖에 없어."

"불가능해."

"싸우거나 말을 잘해서 될 일이 아니야. 그러니 책략을 써야 해."

"에프라파 토끼들을 이길 수 있는 책략은 없어. 토끼 수도 우리보다 훨씬 많아. 게다가 놀라울 만큼 잘 조직되어 있다구. 솔직히 말해서 우리 못지않게 싸움에 강하고, 잘 달리고, 아무리 작은 흔적이라도 찾아내서 추적할 줄 알아. 그리고 그런 일이라면 우리보다 훨씬 더 뛰어난 놈들이 수두룩하구."

헤이즐은 잠자코 풀을 뜯으며 이야기를 듣고 있던 블랙베리를 돌아보며 말했다.

"세 가지 책략이 있어야 돼. 첫째는 에프라파에서 암토끼를 데리고 나올 방법, 둘째 추적을 따돌릴 방법. 추적해 올 게 뻔한데 또다시 기적을 바랄 순 없으니까. 하지만 그뿐이 아니야. 일단 무사히 에프라파를 나오면 다시는 우리를 찾을 수 없게 해야 돼. 다시 말해서 대정찰의 범위에서 벗어나야 해."

블랙베리가 미심쩍다는 듯이 말했다.

"그래, 맞는 말이야. 그 모든 것을 다 이루어야 성공한 거지."

"그래. 그리고 이 책략은 블랙베리 네가 짜내야 돼."

산딸기나무가 썩는 듯한 달콤한 냄새가 진동했다. 저녁 햇살 속에서 벌레들이 풀 위에 낮게 고개를 떨군 하얀 꽃 무더기 주위에서 윙윙거렸다. 갈색과 주황색이 섞인 딱정벌레 한 쌍이 풀줄기에 앉아 있다가 풀을 뜯는 토끼들 때문에 그대로 뒤엉킨 채 다른 곳으로 날아갔다.

헤이즐은 그 모습을 지켜보면서 말했다.

"짝짓기를 하는구나. 우린 못하는데 말야. 어쨌든 책략이 필요해, 블랙베리. 우리 마을 문제를 완전히 해결할 수 있는 꾀 말야."

블랙베리가 말했다.

"네가 말한 첫 번째 문제는 방법을 알겠어. 적어도 내 생각엔 말야. 위험하긴 하지만. 그런데 그 나머지는 전혀 생각이 안 나서 파이버랑 얘기해 볼까 해."

헤이즐이 말했다.

"파이버랑 내가 빨리 돌아가는 게 좋겠군. 이제 다리도 거의 다 나았어. 하지만 오늘 밤은 여기서 보낼게. 홀리, 올라가서 내일 아침 일찍 돌아간다고 전해 줘. 빅윅과 실버가 클로버를 놓고 언제 쌈박질을 벌일지 몰라서 걱정돼."

"헤이즐, 내 말 들어 봐. 나는 네 계획에 찬성할 수 없어. 난 에프라파에 가 보았지만 넌 아니잖아. 넌 지금 엄청난 실수를 저지르고 있어. 자칫하면 우리 모두 죽게 된다구."

그러자 파이버가 나서서 대답했다.

"당연히 그런 생각이 들겠지만 그렇지 않을 수도 있어. 적어도 내가 보기엔 그래. 우린 할 수 있어. 어쨌든 헤이즐 말대로 분명 그 방법밖엔 없어. 그 문제를 좀 더 얘기해 볼까?"

그러자 헤이즐이 말했다.

"나중에. 우린 지금 도랑으로 돌아가야 돼. 파이버, 어서 가자. 너희들은 빨리 뛰어 올라가면 언덕 위에서 좀 더 햇살을 쬘 수 있을 거야. 잘 자."

29 귀환과 출발

이튿날 새벽에 토끼들은 모두 실플레이를 하러 나와서 크나큰
흥분 속에 헤이즐을 기다렸다. 지난 며칠 동안 블랙베리는 파
이버와 함께 농장에 가서 하수도 속에서 헤이즐을 찾은 이야기
를 몇 번이고 들려주었다. 한두 토끼는 키하르가 헤이즐을 발
견해서 파이버한테 살짝 귀띔해 준 게 틀림없다고 했다. 키하
르는 아니라고 했지만 주위에서 자꾸만 캐묻자, 파이버는 자
기보다 훨씬 먼 곳까지 갔다 오는 토끼라는 수수께끼 같은 말

226

을 했다. 토끼들은 헤이즐이 마법의 힘을 갖고 있다고 생각했다. 마을 최고의 이야기꾼인 댄더라이언은 헤이즐이 농부들한테서 친구를 구하기 위해 도랑을 뛰쳐나갔던 일을 더없이 멋진 영웅담으로 만들어 들려주었다. 헤이즐이 농장에 간 일을 두고 무모하다고 하는 토끼는 아무도 없었다. 헤이즐은 온갖 역경을 물리치고 암토끼 두 마리를 데려왔다. 그리고 이제 헤이즐이 돌아왔으니 모든 일이 잘될 거라고 모두 굳게 믿었다.

해 뜨기 직전에 핍킨과 스피드웰은 파이버가 언덕 꼭대기에서 아침 이슬에 젖은 풀을 헤치고 다가오는 것을 보았다. 둘은 달려 나가 파이버를 맞이했고, 셋이서 함께 헤이즐을 기다렸다. 헤이즐은 다리를 절었고, 비탈을 오르기가 힘들어 보였다. 하지만 잠시 쉬면서 풀을 뜯고 나자 다른 토끼에게 크게 뒤처지지 않으려고 마을까지 뛰어왔다. 토끼들이 헤이즐 주위로 모여들었다. 모두 헤이즐을 만지고 싶어 했다. 모두가 마치 공격을 하듯이 헤이즐의 냄새를 맡고 헤이즐을 붙잡고 씨름하고 풀밭을 데굴데굴 굴렀다. 인간은 이런 경우에 질문 공세를 퍼붓게 마련이지만, 토끼들은 헤이즐-라가 정말로 돌아왔다는 것을 오감을 통해 확인하는 것으로 기쁨을 표현했다. 헤이즐은 오직 이 생각 하나로 거친 환영식을 버텨 냈다.

'내가 여기서 밑에 깔리면 어떻게 될까. 아마도 나를 쫓아내겠지? 절름발이 토끼는 족장 토끼로 놔두지 않을 거야. 자기들은 잘 모르겠지만 이것은 환영인 동시에 시험이다. 고약한

녀석들, 그렇다면 시험을 받아 주지.'

　헤이즐은 등에 붙은 벅손과 스피드웰을 거칠게 밀어내고는 숲 가장자리로 뛰어갔다. 둔덕 위에 스트로베리와 박스우드가 보이자, 헤이즐은 그리로 가서 떠오르는 아침 햇살을 받으며 얼굴을 씻고 털을 가지런히 다듬었다.

　헤이즐은 박스우드한테 말을 걸었다.

　"우리 토끼들도 너처럼 얌전했으면 좋겠어. 저기 난폭한 녀석들 좀 봐. 하마터면 죽을 뻔했다구! 넌 우리를 어떻게 생각해? 잘 적응하고 있는 거야?"

　박스우드가 말했다.

　"아, 물론 낯설긴 하지만 많은 걸 배워 가고 있어. 스트로베리가 많이 도와줘. 방금 전에도 바람에 몇 가지 냄새가 섞여 있는지 알아보고 있었어. 제대로 익히려면 시간이 걸리겠지. 농장에서는 냄새들이 강하게 풍기는 데다 우리에서 지낼 때는 냄새가 별로 중요하지 않았거든. 지금까지 보니까 너희는 냄새에 의지해 살고 있더군."

　"처음이니까 위험한 일은 절대로 하지 마. 혼자서 밖에 나다니거나 그러지 말고 늘 굴 가까이에 있어. 스트로베리, 넌 어때? 몸은 좀 나았어?"

　스트로베리가 대답했다.

　"음, 충분히 자고 햇볕을 쬐니까 많이 좋아졌어. 에프라파에서 얼마나 무서웠는지 혼이 빠진 것 같았어. 아픈 것도 그

때문이야. 며칠이나 공포에 사로잡혀서 덜덜 떨었지. 자꾸만 에프라파에 돌아가 있다는 착각이 드는 거야."

"에프라파는 어땠어?"

스트로베리가 말했다.

"에프라파에 돌아가느니, 아니 그 근처에라도 가느니 차라리 죽는 게 낫지. 권태와 공포, 둘 중에서 어떤 것이 더 괴로운지 잘 모르겠지만……."

스트로베리는 잠시 사이를 두고 나서 말했다.

"어쨌든 거기 토끼들도 우리처럼 자연스럽게 살 수 있다면 우리와 똑같을 거야. 할 수만 있다면 도망치고 싶어 하는 토끼들도 있고."

굴로 들어가기 전에 헤이즐은 거의 모든 토끼들과 이야기를 나누었다. 예상대로 친구들은 에프라파 원정 실패에 실망했고, 홀리 일행이 가혹한 대우를 받은 사실에 불같이 화를 내고 있었다. 또 홀리 말대로 암토끼가 두 마리밖에 없으면 싸움이 일어날 게 뻔하다고 걱정했다.

빅윅이 말했다.

"헤이즐, 암토끼가 더 있어야 해. 안 그러면 우린 서로의 목을 물어뜯게 될 거야. 달리 방법이 없어."

그날 오후 늦게 헤이즐은 모두 벌집에 모아 놓고 말했다.

"곰곰이 생각해 보았는데 너희들은 요전에 너트행어 농장에서 날 해치우지 못해 실망이 큰 것 같아. 그래서 나는 이번에 좀 더 먼 데로 가기로 했어."

블루벨이 물었다.

"어디로?"

"에프라파. 같이 갈 토끼가 있다면 말야. 거기 가서 우리 마을에 필요한 만큼 암토끼를 데려오려고 해."

다들 깜짝 놀라서 웅성거리는 가운데 스피드웰이 물었다.

"어떻게 하려고?"

"블랙베리랑 내가 계획을 세우긴 했는데 지금은 말할 수 없어. 이 일이 위험하다는 건 다들 알 거야. 만약 누군가가 붙잡혀 에프라파로 끌려간다면 놈들이 자백하라고 닦달하겠지. 그럴 때 아예 모르고 있으면 자백할 것도 없어. 그러니까 나중에 때가 되면 자세히 설명해 줄게."

댄더라이언이 말했다.

"그러려면 많은 수가 가야 되나? 내가 듣기로는 우리 모두 덤벼도 에프라파 토끼와 상대가 안 될 거라던데."

"싸움은 하고 싶지 않아. 하지만 싸우게 될 수도 있지. 어쨌든 암토끼를 데리고 먼 길을 와야 하는데 도중에 대정찰대를 만나면 싸울 만한 수는 있어야 돼."

핍킨이 겁에 질려 물었다.

"에프라파에 들어가야 하는 거야?"

"아니, 우린……."

이때 홀리가 헤이즐의 말을 가로막았다.

"헤이즐, 내가 네 의견에 반대하는 상황이 올 줄은 몰랐다. 다시 말하지만 이 계획은 엄청난 재앙을 가져올 거야. 네 생각은 알아. 넌 운드워트 장군 밑에 블랙베리나 파이버만큼 머리 좋은 토끼가 없다는 걸 계산에 넣고 있겠지. 그건 맞아. 그만한 토끼는 없을 거야. 그렇더라도 그런 곳에서는 절대로 암토끼를 데려오지 못해. 모두 알다시피 나는 평생 동안 훤히 트인 벌판에서 순찰하고 추적하는 일을 해 왔어. 하지만 에프라파의 아우슬라에는 나보다 더 뛰어난 토끼들이 있단 말야. 놈들은 너희들과 암토끼를 끝까지 쫓아와서 죽일 거야. 프리스 님이여! 살다 보면 상대가 안 되는 적을 만날 때가 있다구! 이게 다 우리를 위해서인 줄은 알지만 분별 있게 생각하고 이 일은 그만둬. 정말이지 에프라파 같은 마을은 되도록이면 가까이 가지 않는 게 상책이라구."

그러자 온 벌집이 술렁거렸다.

"그 말이 맞아!"

"갈기갈기 찢겨 죽고 싶진 않아!"

"귀를 찢긴 토끼의……."

"하지만 헤이즐-라도 다 생각이 있겠지."

"너무 멀어."

"난 가고 싶지 않아."

헤이즐은 조용해질 때까지 진득이 기다렸다.

이윽고 헤이즐이 입을 열었다.

"결국 이거야. 여기 남아서 어떻게든 잘해 보려고 애써 보든가, 아니면 이 문제를 확실히 해결해 버리든가. 물론 위험은 있어. 홀리 일행이 어떤 일을 당했는지 들었다면 알겠지. 하지만 우리는 마을을 떠나 지금까지 계속 위험한 일을 겪어 왔잖아. 너흰 어떻게 할 생각이야? 에프라파에는 여기 와서 살고 싶어 하는 암토끼가 수두룩한데도 데리러 가는 게 무서워서 여기 남아 암토끼 두 마리를 놓고 서로의 눈을 파낼 거야?"

그때 누군가 큰 소리로 물었다.

"파이버 생각은 어때?"

파이버는 조용히 말했다.

"난 분명히 갈 거야. 헤이즐의 말은 다 맞고 계획에도 문제가 없어. 너희 모두에게 약속할게. 나중에라도 불길한 예감이 들면 꼭 알려 줄게."

헤이즐이 말했다.

"그리고 그럴 경우, 네 충고를 반드시 귀담아들을게."

잠시 침묵이 흘렀다.

빅윅이 입을 열었다.

"다들 내가 갈 거라는 건 알고 있겠지? 너희가 흥미로워할 것 같아서 하는 말인데, 키하르도 같이 갈 거야."

토끼들은 놀라서 술렁거렸다.

헤이즐이 말했다.

"물론 몇몇은 여기 남아야 해. 농장 토끼한테 가자고 할 순 없어. 에프라파에 갔다 온 토끼들도 마찬가지고."

실버가 말했다.

"그래도 난 가겠어. 운드워트 장군과 장로들이 죽도록 미워. 정말로 놈들의 코를 납작하게 만들 거라면 나도 그 자리에 있고 싶어. 다만 마을로 들어가진 않을래. 그것만은 도저히 못하겠어. 어쨌든 길을 아는 토끼가 필요하잖아."

핍킨이 말했다.

"나도 갈게. 헤이즐-라는 나를 구해 주었고…… 그러니까 헤이즐-라라면 분명히……."

핍킨은 횡설수설했다. 그러더니 잔뜩 겁먹은 목소리로 다시 한 번 말했다.

"아무튼 나도 갈 거야."

숲으로 난 굴길에서 발소리가 나자 헤이즐이 "누구야?" 하고 외쳤다.

"나야, 헤이즐-라. 블랙베리."

"블랙베리! 아니, 여기 있는 줄 알았는데. 어디 갔었어?"

"좀 더 일찍 오지 못해서 미안해. 실은 그 계획에 대해서 키하르와 의논하느라고. 키하르 덕분에 계획이 더 훌륭해졌어. 계획대로만 된다면 운드워트 장군을 완전히 바보로 만들어 버릴 수 있을 거야. 처음에는 도저히 안 될 것 같았는데 지금은 잘될 거라는 확신이 섰어."

블루벨이 입을 열었다.

"풀이 더 푸른 곳으로 가자,
양상추가 줄지어 자라는 곳으로.
자유롭게 행동하는 토끼라면 누구나
코에 긁힌 상처가 있는 곳.
궁금해서라도 꼭 가 봐야겠어. 어떤 계획인지 궁금해서 계속
새끼 새처럼 입을 뻐끔거리는데 아무도 알려 주질 않네. 아마
빅윅이 흐루두두로 변장해서 암토끼를 몽땅 태우고 들판으로
도망치려나 봐."

헤이즐이 블루벨을 홱 돌아보았다. 블루벨은 곧추앉아서 계
속 말했다.

"아아, 운드워트 장군님, 전 별 볼일 없는 흐루두두인데요,
가솔린을 풀밭에 놓고 와 버렸어요. 그러니 당신이 여기서 풀
을 뜯는 동안 저는 이 숙녀를 태우고……."

헤이즐이 소리쳤다.

"블루벨, 그만 해!"

블루벨은 깜짝 놀라서 말했다.

"미안, 헤이즐-라. 나쁜 뜻은 없었어. 기분 좀 풀어 주려고
그런 거야. 사실 우린 에프라파에 가는 걸 무서워하고 있는데
그걸 두고 나무랄 순 없잖아? 이야기만 들어도 엄청 위험할 것
같다구."

헤이즐이 말했다.

"자, 그럼 오늘 모임은 여기서 마치자. 어떤 결론이 나오는

지 기다려 보자구. 그게 토끼 방식이니까. 가고 싶지 않은 토끼는 가지 않아도 돼. 하지만 가고 싶어 하는 토끼도 분명 있어. 그럼 난 키하르와 이야기하러 갔다 올게."

키하르는 숲 바로 안쪽에서, 창살 모양의 뼈에 붙어 있는 얄팍한 갈색 고기 조각을 큰 부리로 찢어서 쪼아 먹고 있었다. 헤이즐은 그 고기에서 나는 고약한 냄새가 너무 역겨워서 코를 찡그렸다. 악취가 숲 속에 진동했고, 벌써 냄새를 맡은 개미와 청파리가 꼬여 들고 있었다.

"대체 그게 뭐야, 키하르? 냄새 한번 지독한데!"

"몰라? 이거 물고기, 물고기, 큰 물에서 온 거. 아주 맛있어."

"큰 물에서 왔다고? (웩!) 그럼 큰 물에서 잡아온 거야?"

"아니, 아니. 인간 거. 농장에 쓰레기 버리는 곳. 거기 뭐든지 있어. 먹이 찾으러 가다가 봤어. 큰 물 냄새 나서 물어 와. 큰 물 생각나."

키하르는 먹다 만 청어를 다시 찢기 시작했다. 키하르가 청어를 들어 올려 너도밤나무 뿌리에 대고 패대기치자 작은 살점이 튀었다. 헤이즐은 혐오감과 구역질 때문에 숨도 제대로 못 쉬며 꼼짝없이 앉아 있었다.

헤이즐은 애써 마음을 가다듬고 이야기를 꺼냈다.

"키하르, 빅윅 말로는 네가 우리를 도와주겠다고 했다며?"

"응, 응. 너희들 위해 간다. 픽빅 씨, 내가 도와줘. 여기 있을 때 나랑 얘기해 줬어. 나 토끼 아닌데도. 잘됐어, 응?"

"그럼, 좋지. 그 방법밖에 없어. 키하르, 넌 좋은 친구야."

"응, 응. 너희들 엄마 찾는 거 돕는다. 그런데 에이즐 씨, 나 큰 물 가고 싶어. 항상, 항상. 큰 물 소리 들려. 큰 물에 가고 싶어. 이제 곧 너희들 엄마 토끼 데리러 가니까 나 뭐든지 돕는다. 엄마 토끼 데려오면 나 날아가서 안 돌아와. 하지만 언젠가 돌아와, 응? 가을, 겨울에 와서 너희랑 살아, 응?"

"네가 보고 싶을 거야, 키하르. 네가 다시 돌아왔을 때 우리 마을은 엄마 토끼가 많이 있는 훌륭한 마을이 되어 있을 거야. 너도 우리를 도와준 걸 자랑스러워할 거야."

"응, 꼭 그렇게 된다. 에이즐 씨, 언제 가? 나 돕고 싶지만 큰 물 가는 거 미루기 싫어. 계속 여기 있는 건 힘들어, 응? 너 빨리 해, 응?"

빅윅이 굴길을 올라와 밖으로 고개를 내밀었다가 기겁하며 말했다.

"어휴, 세상에! 대체 무슨 냄새야? 키하르, 이거 네가 죽인 거야, 아니면 돌에 맞아 죽은 거야?"

"먹고 싶어, 픽빅 씨? 맛있는 거 갖다 줄까?"

헤이즐이 말했다.

"빅윅, 내일 새벽에 출발한다고 모두에게 알려. 우리가 없는 동안 홀리가 족장을 맡고 벅손이랑 스트로베리랑 농장 토끼들은 남으라고 해. 다른 토끼도 남고 싶으면 남아도 된다고 전해 줘."

빅윅은 굴에서 나오지도 않고 말했다.

"걱정 마, 헤이즐. 모두 키하르와 함께 실플레이하라고 올려 보낼게. 다들 네가 가자는 곳이면 어디든지 따라나설 거야. 오리가 잠수하는 것보다 더 잽싸게."

워터십 다운의 열한 마리 토끼 **2**

2002년 10월 18일 1판 1쇄
2014년 11월 30일 1판 9쇄

지은이 : 리처드 애덤스
옮긴이 : 햇살과나무꾼

편집 관리 : 아동청소년문학팀
제작 : 박홍기 | 마케팅 : 이병규, 최영미, 양현범, 정은숙

출력 : 한국커뮤니케이션 | 인쇄 : POD코리아 | 제책 : 정문바인텍

펴낸이 : 강맑실
펴낸곳 : (주)사계절출판사 | 등록 : 제406-2003-034호
주소 : (우)413-120 경기도 파주시 회동길 252
전화 : 031)955-8588, 8558 | 전송 : 마케팅부 031)955-8595 편집부 031)955-8596
홈페이지 : www.sakyejul.co.kr | 전자우편 : skj@sakyejul.co.kr
독자카페 : 사계절 책 향기가 나는 집 cafe.naver.com/sakyejul
페이스북 : facebook.com/sakyejul | 트위터 : twitter.com/sakyejul

값은 뒤표지에 적혀 있습니다. 잘못 만든 책은 구입하신 서점에서 바꾸어 드립니다.
사계절출판사는 성장의 의미를 생각합니다. 사계절출판사는 독자 여러분의 의견에 늘 귀 기울이고 있습니다.

ISBN 978-89-7196-913-7 44840
ISBN 978-89-5828-473-4 (세트)